プシュケー、あるいはナルニアの彼方へ

——C．S．ルイス論

Psyche, Or Beyond Narnia
— On C. S. Lewis

Toshio KIMURA

もくじ

もくじ

はじめに

はじめに
――憧れと旅のその先に

C.S.ルイスの小説には、ヨーロッパ古代・中世が色濃く映し出された古典文学的世界を舞台にしたものがある。本書で取り上げる物語はその代表的作品と言えるだろう。実際、ルイスの研究における専門分野は中世・ルネッサンス文学であった。そのためか、こうした舞台設定は彼のもっとも得意とするところであり、その創作作品の中にあっても特に輝きを放っているように感じられるのである。

ここに『顔を持つまで』と『ナルニア国年代記』七巻の内容について概要を記しておく。

〔『顔を持つまで』〕

『顔を持つまで』は、『ナルニア国年代記』の最終巻『最後の戦い』と同年に発表された神話的歴史小説で、ローマ時代のアプレイウスの『黄金のロバ』の中の挿話として知られるギリシャ神話「愛とこころ」を題材とした物語である。

小王国の王女プシュケーは幼いころから神が住むという灰色の山に憧れていた。あるとき神託が出て、その山の神への生贄としてプシュケーが捧げられなければならないという。プシュケーにとってそれは憧れと一体になることであり、怖気づくこともなくそれを受け入れる。しばらくして姉オリュアルは妹の遺骨を拾いに山に入るが、そこで目にしたものは元気な妹の姿だった。プシュケーは神の息子と結ばれ幸せに暮らしているという。ただし、夫の姿を見ることだけは禁じられていた。オリュアルはその話に不信感を抱き、ランプを渡して夫の顔を見るよう説き伏せる。

〔『ナルニア国年代記』〕

『ナルニア国年代記』は、ナルニアという別世界の創世から終焉までを描いた全七巻のファンタジー作品である。それぞれの物語において、主人公の子どもたちは人間界から魔法の扉を通って別世界へ入ってゆく。ナルニアでは冒険が待ち受けていて、子どもたちは使命を果たすべく旅に出る。

第一巻『ライオンと魔女と衣装箪笥』

四人きょうだいの末っ子ルーシーは、衣装箪笥が別世界への〈扉〉になっていることを偶然に見つけ、そこを抜けたところからナルニアの冒険がはじまる。ルーシーが初めて出会ったものは雪の中をゆくフォーンであり、その姿はナルニアへの憧れを具象化したものとも感じられる。次いでナルニアに入ったエドマンドは魔女に騙され、きょうだいや仲間を裏切ったのち魔女の捕虜になってしまう。残された子どもたちは彼を救出するために魔女に立ち向かう。

第二巻『カスピアン王子』

ナルニア世界に生まれ育った王子カスピアンは幼いころからいにしえのナルニアの話を聞かされていた。それは今のナルニアとは異なって話をする動物たちが自由に暮らしていたという。王の跡取り問題で生命を狙われることになったカスピアンは、急いで城を後にする。彼はナルニアの仲間たちや人間の子どもたちに助けられながら、かつてのナルニアと自分のあるべき姿、すなわち正当な王位の奪還をめざす。

第三巻『ドーン・トレッダー号の航海』
　少年から青年へと成長したカスピアンは、行方が分からない諸侯たちを探すべく船で冒険の旅に出る。この航海にはもう一つの目的があった。それは伝説上の東の果てのアスランの国を探し求める旅である。魔法の力によって人間界の三人の子どもたちも航海に加わる。途中の魔法の島々では困難が待ち受けるが、アスランの国へ辿り着きたいという思いが船を先へと進めてゆく。

第四巻『銀の椅子』
　本作ではユースティスとジルがナルニアへ入り、行方不明のリリアン王子を探すという北方への過酷な旅の使命をアスランから与えられる。ふたりは肝心なところで身勝手になって目的を失いかけるが、それを助けるのは北の沼地に住むナルニア人パドルグラムである。初めは心揺らいでいた子どもたちも困難を乗り越えてゆくうちに精神的にも成長し、王子を探す旅を進める。

第五巻『馬と少年』

物語はナルニアの外の南方の国で始まる。貧しい家に育った少年シャスタと貴族の少女アラビスは、不幸な境遇から逃れるべくナルニアを目指して別々に旅に出る。子どもたちの乗る馬はナルニア出身で話ができて、それぞれにふたりを導いてゆく。途中で合流したふたりは最初、互いを理解しようとしなかったものの、旅を通して徐々に相手を理解し、ともにナルニアへ向かう。年代記の中でこの物語だけは人間界とナルニアとのつながりがなく、人間の子どもたちは登場しない。

第六巻『魔術師のおい』

ここではナルニアの創世が語られる。その開闢に立ち会った人間界のディゴリーとポリーは、誤って魔女をナルニアに引き込んでしまう。子どもたちはアスランに命じられその償いの旅に出る。ディゴリーがリンゴを取りに行く目的地の果樹園では魔女が先回りして、言葉巧みに彼を堕落させようと待ち構えていた。ディゴリーは魔女の言葉に惑わされそうになりながらも、なんとかこれを退けようと努力する。

第七巻『最後の戦い』

前作『魔術師のおい』のナルニア創世に対して、ここではナルニアの終焉が描かれている。ティリィアン率いるナルニア軍と敵軍との戦いは子どもたちをも巻き込み、激しい戦闘が展開される。戦いの最終局面では子どもたちやティリィアン王は敵軍の神の中心地と思われた厩に決死の突入をするが、その内側では誰も予想していなかった結末が待ち受けていた。最後にアスランが現れ、皆は真のナルニアへといざなわれる。

本書は、これらの作品の文学的系譜につらなるモチーフを拾い集めながら、作品に流れる文学精神を探る〈旅〉に出ることを目指したものである。なお『ナルニア国年代記』各巻の書名は、論自体にも関わるため英題をもとに独自のものを採用した。これについては、最近のいくつかの和訳においてもそれぞれに新たな書名が用いられているので、巻末の参考文献に挙げておく。

『顔を持つまで』——神話をめぐる変容

『顔を持つまで』
――神話をめぐる変容

〈はじめに〉

C．S．ルイスの最後の小説となった『顔を持つまで』〔*Till We Have Faces*〕（一九五六）は、題材をギリシャ神話に求めた物語である。『ナルニア国年代記』とほぼ同時期に書かれ、『年代記』全七巻の完結後に間を置かず発表された。物語そのものは古くからよく知られた民話であるが、本作には元の物語にはないルイス独自の〈変容〉というモチーフが底流として流れているだろう。この点から作品を読んでゆくと、プシュケーそして姉のオリュアルの心の移り変わりが浮かび上がってくる。ふたりの精神の変容は、難解と言われる本作を読み解く鍵となるのである。

〈「愛とこころ」再話〉

『顔を持つまで』は「再話による神話」という副題が付されている。ギリシャ神話の「愛ところ」（「キューピッドとサイキ」）の再話で、原話が広く知られているのは、紀元二世紀のローマのアプレイウスの記した『変身物語』（『メタモルフォーゼ』）または『黄金の驢馬』の中の挿話として語られているためである。主人公ルキウスがロバに変身してしまいさまざまな事件に遭遇する物語であるが、これは完全な形で残された唯一のローマ時代の散文作品と言われている。『変身物語』という題名からしてルイス自身もここから〈変容〉という主題の着想を得たのではないかとさえ感じられる。その中で語られる神話「愛とこころ」は、アプレイウスによれば、「少女と魔物の結婚」、あるいは「愛の試練と心の浄化、すなわち人間の魂が試練によって聖化される比喩の寓話」と解されている。「プシュケー」（英語名「サイキ」）とはその名のとおり人間の「心」の象徴であり、とくに美徳を表している。ルイスの伝記によれば彼は二十五歳のころからこの物語に惹かれ(二)、五十歳を過ぎてついにこれを自ら再構築するに至ったのであった。再話に際しては、単にストーリーを追って小説化するのではなく彼独自の複雑な構成を盛り込んで新たな物語を作り上げようと試みている。

　ルイス作品と元の神話との関係について述べておこう。ルイスは本作の末尾に「注」として元になった神話とルイス作品の意図について記している。その自注によると、この神話自体は、『顔を持つまで』の「出典であって、影響を受けるとか手本としたことはなかった」という。ルイスのこの言葉については、物語自体は確かに元の神話と同一のものを扱ってはいるが、完成した作品は展開にも〈変容〉の跡が見られ、異なる意味を持つものとして表現されていると考えてよいだろう。原話はプシュケーを中心に描かれていて、それ以外の人物たちは人格のない、いわば〈顔のない〉人々であるのに対して、ルイス作品ではプシュケーの姉オリュアルの手記という形式をもちいて、姉の目というもう一つの視点から見たできごととしてこの物語を扱っている。そして物語はオリュアルの次のような言葉から始まる。

私は神々を、とくにあの灰色の山に住む神を糾弾するつもりである。

（第一部第一章）

全編はオリュアルの一人称の語りで進められてゆく。原神話では主人公であるプシュケーは山で神の生贄となるが、それは神話的解釈によれば、神と結婚したということを意味する。しかしながら、神である夫の姿を見ることは許されていなかった。数日後に山まで様子を見に来た姉オリュアルに説き伏せられて、禁じられていた夫の姿を寝ている間に見てしまい、プシュケーは神の国から追放される。ルイス作品においてプシュケーは、小説の半ばを過ぎるとそれ以降読者の目の前から姿を消してしまう。小説の後半は姉オリュアル自身の体験のみが語られるが、それは一見したところプシュケーとは直接的には係わりないかのように進んで行く。こうした小説の構成は物語が複雑に入り組んでいるように感じさせ、[二]読者にこの作品が難解であるという印象を与える要因となっていることは否定できないだろう。しかしながら後述するように小説の結末において、オリュアルの思考や体験のすべては、その後読者の目の前にはいっさい登場しないプシュケーと密接に結びついていたことが示される。[三]ルイス作品における主人公は誰の目にも明らかなようにオリュアルの方なのである。そしてここに、オリュアルが自己を認識してゆく過程、すなわち自身のアイデンティティを探し求めるために、[四]〈外の世界にではなく、自我の内部へと旅する〉というこの小説の形式が成立する。この自己の内面への旅こそがまずオリュアルの精神における〈変容〉の過程であると捉えることができる。そしてこれは『顔を持つまで』を貫く中心的な主題となっている。姉の心の変容という視点は、元のプシュケーの神話にはまったく存在していなかったものであり、ルイス独自の創作として表現されているのである。

〔『顔を持つまで』の構成〕

本作はルイス自身の精神的自伝とも言われる。オリュアルの自己認識の過程について研究者の多くは、オリュアルはルイス自身の分身であってこの小説は自伝的な要素を多分に含んだ作品であると考えている。(五) もちろん、男性であるルイスが小説においては女性オリュアルに置き換えられているわけであるが、それ自体がすでに一種の〈変容〉の現れと考えてよいだろう。この小説は「非常に懐疑的要素の強い作品」と言われることもある。(六) ここでいう「懐疑的」とは、ギリシャの神々に対して姉オリュアルの持つ強い不信感のことである。そしてそれは同時に若き日のルイス自身の思想とも重なるだろう。ルイス自身は十代の初めに信仰心を失って以来、三十三歳のときにキリスト教に回心するまで無神論者であったことが知られている。したがって物語の結末で起こるオリュアルと神々との和解はルイス自身の苦悩の末の自伝的事件の再現とも考えられるのである。こうした点から『顔を持つまで』は「苦悩の書」と呼ばれることもある。(七) それは幸福な結末と呼ぶべきものではあるのだが、そこへと至る道のりは決して甘美とは言えず、それぞれのページごとに厳しさが浮き彫りにされるためである。そうした厳しさそして展開の難解さがこの本が広く受け入れられなかった理由のひとつと考えられるかもしれない。この問題に対してルイス自身、出版の四年後の一九六〇年に手紙の中で「批評家に対しても、また一般大衆に対しても失敗作だった」と漏らし、実兄のウォレン・ルイスもこの作品が「大衆から無視され、誤解された」と振り返る。それでもなお、『顔を持つまで』はルイスがもっとも力を注ぎこんだ作品のひとつであり、その評価もますます高まっていると言って差し支えないだろう。

〔愛の諸相〕

ルイス自身の主な研究対象は中世英文学であった。彼の専攻分野の中心的存在である十四世紀のジェフリー・チョーサーは中世最大の詩人のひとりだが、神の愛と人間の愛とを分けて捉えていた。チョーサーの代表作のひとつ、長編詩『トロイルスとクリセイデ』は後にシェークスピアの戯曲の原型ともなった。主人公であるトロイの王子トロイルスの恋人クリセイデは捕虜交換のため敵のギリシャへと連れ去られる。トロイルスは彼女との恋に破れ人間の愛に翻弄された後、戦いでギリシャ軍のアキレスに討たれ死んでゆく。その後トロイルスは昇天し、その魂は天から遥か地上を見下ろして人間の愛の愚かさに対して高笑いするという衝撃的な結末を迎える物語詩である。チョーサーは、その詩行のほとんどにおいては人間の愛を中心に描きつつも、作品最後には人間の愛ではなく神の愛へ向かったのであり、結局は十四世紀カトリック世界を生きたのであった。『顔を持つまで』において、ルイスはそうした愛の諸相をさらに細かく分類し表現しようと試みたと言えるだろう。オリュアルの精神を通して人間の持つ愛の諸相が示されていると考えられる。

この問題については、本作の四年後に出版された『四つの愛』と題されたルイスの書物がこの『顔を持つまで』を解説するものとしてよく論じられる。ルイス自身の手紙の言葉に従えば、オリュアルは「自然な状態のままでの人間の愛情」を表している。ルイスによると、自然状態の愛情が他者と交わるときその愛情は主に四種類に分けて考えられるという。すなわち、ひとつの愛が四つの異なった愛の形へとその姿を〈変容〉させて現れるのである。これは、言ってみれば関係性についての思索とも言える。（八）たとえば、オリュアルとプシュケーとの関係は〈愛情〉（Affection）で、オリュアルとギリシャ人哲学者フォックスとの関係は〈友情〉（Friendship）であり、彼女にとって忠実な軍人バルディアとの関係は〈恋愛〉（Eros）、そして物語最後の場面での神との和解は〈聖愛〉（Charity）というものである。(九) ただし、『顔を持つまで』におけるオリュアルの愛情は、フォックスやバルディアに対するものに見られるように、それぞれの対象に対して屈折した形で向けられている。そして後述のように、プシュケーに対するときその歪みは最大のもととなり、その歪んだ愛情のために悲劇的な出来事が引き起こされてしまうのである。

〔オリュアルの理性〕

『顔を持つまで』において、神話と理性とは相反する概念として提示されている。ルイスは手紙の中で作品のテーマに関して、「元来の祭儀のあとに神話のストア派的寓意化が起こり、キリスト教のあとに近代主義が起こることを推測した」と語っている。このことは、物語の中では〈ウンギットの神に象徴される「神話的宗教的な力」〉対〈哲学者フォックスに象徴される「ギリシャ的合理主義」〉という図式に表されているだろう。

プシュケーはほぼ最初から…あの山に半ば恋していた。そして自分の物語を描いていたのだった。「私が大きくなったら、」彼女は言った、「それはそれは素敵な女王になって、あらゆるものの中で最高の王と結ばれたら、王はあの頂上に黄金と琥珀でできたお城を建ててくれるの。」

(第一部第二章)

小さなグローム王国の王女「イストラ」は、ギリシャ神話に登場する「プシュケー」を意味する。このイストラ(=プシュケー)は幼いころから「灰色の山」に憧れを抱いていた。そして最初から最後まで神話的な力と向き合っていた。一方、姉のオリュアルはギリシャ人フォックスの影響のもと、ギリシャ的理性を生きようと努めた。作品に即して言えば、オリュアルは〈神々への服従義務〉という行為、すなわち近代主義の視点から見ればあまりに前近代的精神と映る行為に対して、自らの理性を基準として立ち向かおうとしていたのである。それは物語第一部の始まりの部分においても見て取れるだろう。

私はギリシャ語で書く、なぜなら私の先生が教えてくれたから。いつの日か、ギリシャからの旅人がこの宮殿に泊まってこの書物を読むかもしれない。そうしたら、このことをギリシャ人同士で議論することだろう。ギリシャでは、神々についてさえも大いなる言論の自由があるのだ。

『新約聖書』に倣うかのごとく手記をギリシャ語で書き表そうとするオリュアルの意思、そしてその書物がギリシャ人の間で語られ議論されるという希望こそが、宗教的偶像崇拝ではない合理主義をめざすオリュアルの思考を表しているものと言えるだろう。

オリュアルは自らの理性によって判断しようとしたために、のちの場面でプシュケーの宮殿が目には見えなかった。その宮殿はプシュケーにとっては明らかに存在していて、謎の存在とはいえ夫とともに暮らしている豪華な建造物であるが、他方オリュアルにとっては、そのような建物が山中に存在すること自体想像することさえできなかったのである。しかしながらのちに、その宮殿が一瞬だけオリュアルの目の前に立ち現れ、あるいはそのように感じられたのであった。

というのも、私が頭を上げてもう一度、川の水の向こうの靄を見たとき、はっとするようなものが見えた。宮殿が聳えていたのだった。そのときその場所にあるすべてのものが灰色だったのと同じ灰色だった…。（第一部第一章）

…私が立ち上がる前に、すべてのものは消え去った。ほんの短いあいだ、渦巻く靄が一瞬、塔や城壁のように見えたかのようだった。けれどもすぐにそのようなものもなくなった。

（第一部十二章）

彼女は戸惑い、幻か現実かと悩んだあげく、理性に従ってその宮殿の存在を信じないことにした。実はこの幻がオリュアルの精神の〈変容〉の前触れであったと考えられる。なぜなら、小説の結末でわれわれの目の前に現れる彼女の精神は完全に〈変身〉を遂げ、神託の絵の中でオリュアルとプシュケーは一体化するからである。

…ふたりのプシュケー、ひとりは服を着て、一人は裸だったのか。そう、ふたりともプシュケーだった。ともに想像できないほど美しく（今やそんなことは問題ではないだろうが）、それでもまったく同じではなかった。

（第二部第四章）

神話を生きたプシュケーと理性を生きたオリュアルとの葛藤は、本作では最終的に神話の勝利に終わる。この結果はすべてを理性に従わせようとする現代に対するルイスの考えであるようにも思われる。作品中ではウンギットの老司祭の言葉が聖なるものの本質を暗示している。

「…聖なる場所は暗い場所である。それは生命と力で、知識や言葉ではない。聖なる知恵は、水のように澄んで清らかなものではなく、血のように濃く暗いものである。呪われたものが最善でありまた最悪であっていけないことがあろうか。…」

（第一部第五章）

こうした神秘性の優位は、かつて無神論に揺れ動いてきたルイス自身の聖書的真理へ向かおうとする葛藤を示唆していると読むこともできるかもしれない。

〔プシュケーの憧れ〕

『顔を持つまで』に見られる〈変容〉のイメージをさらに辿ってみよう。作品において最大かつ本質的に変容を遂げるのは姉のオリュアルである。とはいえ、つねに神に向かい不変と思われたプシュケーもまた、象徴的に変容してゆくと考えてよいだろう。この点においては、プシュケーはおもにキリスト教精神を象徴していると考えられ、物語としては異教を描きながらも、精神としてはキリスト教的と言えるだろう。

プシュケーは神々しいほどの美しさを持って生まれてきた。赤ん坊のプシュケーの美しさをたたえるフォックスの言葉の中では彼女は美女ヘレネーへと変身を遂げている。ヘレネーはギリシャ神話に書かれた人間だが地上で最高の美人と伝えられている。やがて少女へと成長したプシュケーは、もう一人の姉レディヴァルから女神にたとえられ、やがて人々からも女神として崇められるようになっていった。一方、この王国が祀る神ウンギットはギリシャ神話では美の女神アフロディーテ（ローマ神話のヴィーナス）にあたると言われていた。生身の人間であるにも関わらず周りの人々の言葉においては美の女神へと転身させられたプシュケーに対して、姉オリュアルから出た言葉は神の怒りを畏れたものであった。

「ああ、危ない、危ないこと」私は言った。「神々は嫉妬深い。神々は我慢ならないでしょう……。」

やがてオリュアルのこの不安が現実のものとなって襲いかかって来たように感じられた。飢饉、疫病、旱魃、戦争への不安といった禍が王国を襲い続けたのである。すると神託が示され、神官は生贄を捧げてウンギット神の怒りを鎮めなければならないという。

（第一部第三章）

「占いはあなたの末娘と出ました、王よ。娘は呪われています。イストラ王女（＝プシュケー）は大祭の供物とせねばなりません。」

（第一部第五章）

神託によると、人民のための生贄はウンギットの「息子」である灰色の山の神の花嫁となるのであり、神の花嫁に相応しい生贄とは生きた女神と崇められるプシュケーの他にはいなかった。ところで、ウンギットがギリシャ神話のアフロディーテに当たるなら、その「息子」は当然エロース（ローマ神話ではクピードー、英語名キューピッド）である。ここで人々のために犠牲となるプシュケーは、磔となるキリストのアナロジーへと〈変容〉している。何とか妹を生贄、すなわち現実には死と同義である状況から救い出せないかと悩む姉オリュアルに対し、当のプシュケー自身はあたかも磔前のキリスト本人がそうであったと伝えられているように落ち着き払って自らの運命を素直に受け入れようとする。

「神に食べられるのも、神と結ばれるのもそれほどの違いはないのかもしれません。」

（第一部第七章）

プシュケーのこの言葉は、幼い頃からの「灰色の山」への憧れから出た真実の思いと考えてよいだろう。そして彼女は自ら喜んで山の神の供物となったのであった。生贄とされた数日後、妹の遺骨を集めようと山に入ったオリュアルが出会ったものは、しかしながら神の花嫁となって生き生きとしているプシュケーであった。さらにオリュアルが理解できなかったことは、プシュケーは神である夫の顔を見ることを禁じられているということであった。これを聞いて相手は怪物に違いないと不信感を募らせた姉は、妹にランプを手渡し夫の顔を調べるよう強要する。悪意がないとはいえ妹をそそのかす姉の罪まで背負うことになるプシュケーはこの点でもキリストの磔のアナロジーとも考えられるかもしれない。このようにギリシャ神話の再話に対しても聖書的解釈を加えようという読み方は多い(十)。結局、純粋素朴なプシュケーは姉から言われるままに、見てはならないと言われていた夫の顔を見てしまう。結果は、夫はまさに美神ヴィーナスの息子キューピッドであり、美しすぎる青年ゆえの逆説的禁忌とも言うべきものであった。その後、神との約束を破ったプシュケーは幸せな暮しからも、神の宮殿からも、そして〈灰色の山〉からも追放され、償いのための放浪の旅に出るのだった。ここにもアダムとイヴのエデン追放のアナロジーが見られるだろう。これ以降、プシュケー自身は読者の目の前から姿を消し、二度と現れることはないのである。

〔プシュケーの変容〕

やがて時が経ち、グローム王国の父王亡きあと女王となったオリュアルは、旅先の小国で小さな神殿に立ち寄った。その祭壇には美しい女神像が祀られていた。オリュアルは祭司にその見慣れない女神の名を尋ねてみた。

　「イストラ（＝プシュケー）と言います。」と彼は答えた。…私（オリュアル）はそのように呼ばれている女神を聞いたことがなかった。
「ああ、それはイストラがとても若い女神だからです。まだ女神になったばかりなのです。ご承知おきいただくべきことは、多くの他の神々と同じように、イストラもまた人間から神になったのです。」

（第一部二十一章）

そのとき祭司がオリュアルに語って聞かせた新しい女神イストラの神話とは、何とプシュケーとオリュアル自身の物語そのものだったのである。苦難の追放の旅の末、イストラはついに神々に許され、本当の女神へと姿を変えていた。イストラは神話のプシュケーの別名であると述べたが、この名前もまた彼女の〈変容〉をあらかじめ示したものであった。犯した罪の贖いが済んだあと神々は彼女の美徳をすべて受け入れ、夫であった〈灰色の山〉の神の息子と再び結ばれたのである。プシュケーは生まれてから変わらず人間の〈心〉そのものとして最高の美徳を常に持ち続けた。それが神々にも認められたとき、彼女の人性は神性へと〈変容〉を遂げたのである。
女王オリュアルも、その神殿に語り継がれた神話は確かに彼女の愛する妹の物語であることを悟った。しかしながら、祭司の次の言葉を聞いたオリュアルは怒りを覚えた。

「そして、」祭司は続けた。

「ふたりの邪悪な姉たちはイストラを破滅させようと、彼女にランプを渡しました——。」…

「そう、姉たちは嫉妬したのです。イストラの夫も家も自分たちのものよりはるかに素晴しかったのです。」

（第一部二十一章）

祭司の話では、その神話においてプシュケーの姉は妹の豪華な宮殿を見て嫉妬したという。実際のオリュアル自身には宮殿は見えなかった。見えないものを一体どうやって嫉妬したと言うのだろうか。確かに一瞬だけ、宮殿のようなものが浮かびあがったようにも思われた。とはいえその像はあたかも夢のごとくあっという間に消え去ってしまい、本物であったのか幻影だったのか確かめることさえできなかった。神々が事実と異なる物語を神話として伝えていることに対して、彼女の心には怒りが沸き起こった。そしてオリュアルは神々の偽りへの告発の書を書こうと心に決めた。彼女にしてみれば、自分は常にすべての点において妹のため、そして王として人々のために生きてきた。神話で語られるような気まぐれでよこしまなのは、姉ではなく神々の方なのである。他方、読者からすれば、そう思い込んで神話の意図を探ろうとしないオリュアルの頑固さを目の当たりにして、彼女の意識下に妹への利己的な愛がうごめいていると感じられるかもしれない。

〔オリュアルの変容〕

今度は姉の精神の動きから〈変容〉の問題を探ってゆこう。物語の最初まで時計を戻すと、プシュケーがまだ幼かったころ、姉のオリュアルは妹のあまりの可愛らしさに、自分がプシュケーの母親になれたらどんなに素晴らしいかと思い、実際に母親代わりを演じていた。後にプシュケーが生贄にされることになったとき、オリュアルは妹の身を案じて自分が身代わりになりたいとも願ったのであった。

「神々があなたの代わりに私を生贄にしてくれたらよかったのに。」

（第一部第七章）

これらの言葉は、オリュアル自身が持つ〈変身〉願望とも考えられる。とはいえ、本当の母親になることも、自分の方が生贄になることも、どちらも彼女がいくら望んでも実際には叶わない望みであった。ルイスの『四つの愛』によれば、オリュアルは妹に対して自然に湧き出る「愛情」を示しているとされている。とはいえ、それは自分の心だけから出る願望であり、相手の気持ちに寄り添った愛ではなかったのだろう。さらに、成就しえないこうした願望はオリュアルの愛情に対して幾分かの屈折の影を落としているようにも感じられる。

原話のギリシャ神話においても、またイストラ／プシュケーの神殿に伝わる新しい神話においても、プシュケーに夫の顔を見るべきだと説得するのは彼女のふたりの姉たちであった。一方、ルイスの『顔を見るまで』においては説き伏せる役はオリュアルひとりである。ここではもうひとりの姉レディヴァルのものも含め、いわばふたり分の利己主義をオリュアルひとりで背負っていると考えられる。ルイスは、オリュアル自身も気づいていない彼女の心の奥の自己中心的精神をこうした形で描き出そうとしたと読めるだろう。プシュケーの美しさと対照的に姉オリュアルは醜いとされているが、その醜さは実は単に外見上だけではなく、心理的な状況さえ表していることもルイスによる物語の改変と考えられるだろう。プシュケーは自ら語っていたように灰色の山での暮らしに満足していて、禁じられていた夫の姿を見たいとも思っていなかった。オリュアルがランプを渡したのは理性をかざした自分ひとりだけの考えからであり、妹の気持ちは無視され結局は強引に妹の幸福を崩したことになる。ある点では、神々が新たな神話で示した通りであったとも考えられるのである。

〔神々の回答〕

オリュアルは今書いている手記の中で、神々が彼女の疑問に何も答えようとしていないこともまた糾弾している。

「神々はもしできるのなら、私の訴えに対して答えてもらいたい。」

（第一部第二十一章）

しかしながらオリュアルのこの訴えについては、神々からはすでに答えがあったとも考えられる。

（一）プシュケーは生贄になる前の日、自分の運命を喜んで受け入れようとしていた。
（二）プシュケーが生贄となった直後に日照りなどの災害がおさまった。
（三）プシュケーはその後も生きていて幸せそうだった。
（四）オリュアルにも一瞬とはいえ、プシュケーの宮殿が見えた。
（五）プシュケーの夫の顔を見るよう説得したあと、姉の心には神々のことがずっと気になっていた。
（六）プシュケーがランプを灯した直後に嵐と洪水が起こり、オリュアルには神の姿が見え声が聞こえたように思われた。

以上が神々による回答だったのではないかと言うこともできるだろう。

やがてオリュアルが年老いて死が間近に迫ってきたとき、彼女はついに自らの利己主義に思い至る。最後には彼女も自身の精神のありようを認識するのだが、そうした心の〈変容〉のきっかけは、プシュケーを山から追放した神からの確かに聞こえたオリュアルに対する言葉であった。

「お前もまたプシュケーとなるのだ。」

（第一部十五章）

オリュアル自身が、自分が醜いのは容姿ではなく自分の心であったと気づくこと、それは、今度は自分の方がかつてのプシュケーの苦悩を代わりに背負い、自分の思い込みからではなく相手の立場になって妹を心から愛せるように変わることを示している。オリュアルの心がその状態へと達したとき、神の言葉の通り、オリュアルは心も外見も美しいプシュケーと重なり合い、プシュケーの神話とひとつになることができたのであった。そのときオリュアルは息を引き取り、真実の国に到達し得たのである。亡くなった時、プシュケーと一つになった姉の実際の外見がいかなるものだったかここで問うことには意味がないだろう。オリュアルの死という結末が語ろうとしている意味は、真の美しさとは心の奥底からあふれるものという象徴的なメッセージである。こうして、その人生の最期にオリュアルの〈変身〉願望は真実のものとなったのだった。

〔顔を持つまで〕

この作品の題名『顔を持つまで』は、第二部第四章から取られている。

「我らが顔を持つまで、神々はいかに我らと向き合うというのか。」

（第二部第四章）

これは、結局われわれ自らが自己を実現しなければ神々から見放されるということを表しているだろう。この作品は、理性によって人間性を分析しようというより、神話を通して〈精神〉のもっとも深い働きから自分を捉え直そうとしている。すなわち、「顔」とはその人の心の完全な美徳を映し出す鏡であり、女神となったプシュケーのほかにははじめから完全性を備えた人間はいない。物語は、生きるとはその心を求め続けることと語っているように感じられるのである。

＊＊＊＊＊＊＊＊＊

プシュケーは変わらない美徳を持ち続けたが、それでも生身の人間であって間違いを犯してしまう。償いを果たしたのち、その人間性は神性へと〈変容〉する。姉オリュアルはルイス作品においては主人公であるが、その心は当初満たされることのない〈変容〉願望でしかなく、意識下の利己的な愛として存在していた。やがて、「お前もまたプシュケーとなるだろう」との預言が与えられ、初めは神の声を信じなかった彼女も長い年月を悩み抜いてきたあげく、最期にはその精神は生まれ変わり美しいプシュケーと同一になれたのである。この作品は、時間の流れや出来事も入り組んでいるが、〈変容〉という視点を持って物語全体を捉えれば、こうしてふたりの人物を通して描かれる精神性の主題が見えてくるのである。

一 『ライオンと魔女と衣装簞笥』——始まりの物語

一　『ライオンと魔女と衣装箪笥』
——始まりの物語

〈はじめに〉

『ライオンと魔女と衣装箪笥』[*The Lion, the Witch and the Wardrobe*]（一九五〇）は、『ナルニア国年代記』の第一巻として上梓されたが、『年代記』の歴史から見ればナルニアという別世界の始まりの物語ではない。その起源に関する話は後に第六巻として一九五五年に出版される。それにも関わらず本作は、単に全七冊の第一巻として発表されたというだけの理由からではなく、本質的にナルニアの物語の〈始まり〉でなくてはならなかったと感じられる。この作品が第一巻となったことは『年代記』において特別な意味があると思われる。では、『ライオンと魔女と衣装箪笥』はなぜナルニアの物語群の幕開けとなったのだろうか。

〔『年代記』全七巻の順序〕

ルイスは一九五〇年から毎年一冊ずつ『ナルニア国年代記』を出版していった。全七巻で完結した『年代記』は発表順と歴史順という異なった配列が存在する。『ライオンと魔女と衣装箪笥』は一九三九年に着手されているが、その後書き進められることなく未完のまま放置されていたと言われている。そして十年後の一九四九年に執筆が再開され、三月に完成を見たのであった。ちょうどその頃、ルイスはナルニアの誕生の物語の下書きを書き始めたものの、筆が進まず断片のままにしておいた。結局ルイスは、『ライオンと魔女と衣装箪笥』完成後、ナルニア創世の話は棚上げし、続巻として『カスピアン王子』に取りかかり、同一九四九年暮れに第二巻が脱稿した。翌一九五〇年には『ドーン・トレッダー号の航海』と『馬と少年』が、続いて一九五一年には『銀の椅子』が完成した。『魔術師のおい』は最初から書き改められて、一九五四年初頭に仕上がった。そして同年の数か月後には『最後の戦い』が書き上げられた。執筆の順はナルニア史の順序ではなく、発表の順番とほぼ同じと言える。執筆順と発表順とを比べて分かることは、以下の表の（四）『銀の椅子』と（五）『馬と少年』が入れ替わっている点だが、これは次の章で述べるように、（二）、（三）、（四）の三冊をカスピアン王が登場する〈カスピアン三部作〉としてまとめて発表しようとしたためであろう。七巻を発表順に並べて執筆年も挙げておこう。

〈発表順〉		執筆年
（一）『ライオンと魔女と衣装箪笥』	一九五〇年	一九三九年〜一九四九年三月
（二）『カスピアン王子』	一九五一年	一九四九年末
（三）『ドーン・トレッダー号の航海』	一九五二年	一九五〇年
（四）『銀の椅子』	一九五三年	一九五一年
（五）『馬と少年』	一九五四年	一九五〇年
（六）『魔術師のおい』	一九五五年	一九五四年初め
（七）『最後の戦い』	一九五六年	一九五四年後半

他方、『年代記』を歴史の流れに沿って考えれば、ナルニア誕生は『魔術師のおい』で、そしてナルニア終焉は『最後の戦い』で描かれる。全巻の内容を歴史順に示せば以下のようになる。現在、たとえばハーパーコリンズ版などは、ナルニアの歴史の流れを重視してナルニア創世から歴史の順に『年代記』の巻数として採用している。

〈歴史順〉

	ナルニアでの年号	人間界での年号
（一）『魔術師のおい』	元年	一九〇〇年
（二）『ライオンと魔女と衣装箪笥』	一〇〇〇～一〇一五年	一九四〇年
（三）『馬と少年』	一〇一四年	（一九四〇年）
（四）『カスピアン王子』	二三〇三年	一九四一年
（五）『ドーン・トレッダー号の航海』	二三〇六～二三一〇年	一九四二年夏
（六）『銀の椅子』	二三五六年	一九四二年秋
（七）『最後の戦い』	二五五五年	一九四九年

〔ひらめきから始まった〕

『ライオンと魔女と衣装箪笥』は第一巻として発表されたがナルニア史の中の最初の話ではない。ルイスの頭の中に芽生え始めた「魔術師のおい」の下書きの完成を待って、それを第一巻として歴史順に発表するということも考えられたのではないか。それでは、『年代記』は発表順（『ライオンと魔女と衣装箪笥』から）、あるいは歴史順（『魔術師のおい』から）のどちらから読むべきなのだろうか。ルイス自身は読む順序に関して必ずしも強いこだわりを持って特定の順序を想定していたわけではないようである。というのも、一方では「ナルニア時間に従って『魔術師のおい』から読む方がよいのではないか」と語り（一）、他方、ある少年読者に出した手紙の中では、「どのような順序で読んでも構わない」とも言っているからである。

上記二種類の順序に関しての議論の論点は、換言すれば読者が『年代記』と初めて向き合うときにはナルニア誕生の場面をまず通過すべきか、あるいは事の起こりに関しては何も知らされないまま突然にある冬の雪の森の状況の中に投げこまれるほうがいいのか、という読みの問題に置き換えることができるだろう（二）。前者はたとえば『旧約聖書』を「創世記」から読んでゆくことと似ているだろうし、後者は『ナルニア国年代記』を何よりもまず文学として読む行為を示すものだろう。物事の誕生から順に紐解いてゆこうという態度は、時間の流れに沿って物語を読み進めるのでナルニアの歴史が理解しやすいだろう。とはいえ読者は、別世界の歴史書ではなく文学作品を読もうとしているのである。結局、『ライオンと魔女と衣装箪笥』が第一巻として発表された。それは表面的にはナルニア創世の物語が完成しなかったためと言えるかもしれないが、読者が本作に満ち溢れる想像力に触れたときには、この作品こそが『年代記』において最初に語られるべき作品であると感じることだろう。

〈別世界への扉〉

『ライオンと魔女と衣装箪笥』という題名の「衣装箪笥」は、この作品の重要なモチーフである。これは読者がこの第一巻で初めて通る別世界への扉だからである。

> ルーシーはすぐに衣装箪笥の中へ踏み込んで行った……。中は真っ暗なので衣装箪笥の後ろ側に頭をぶつけないようにと腕を自分の前の方に伸ばしてみた。…けれども後ろの板に触ることはできなかった。
> （第一章）

出版順に『ライオンと魔女と衣装箪笥』から読んでゆくことは文学的な観点からすれば少なからず利点が多いだろう。この作品から読み始めると、読者はルーシーとともに衣装箪笥の扉を開けて初めてナルニアに入ることになる。何も予備知識のないままにいつの間にか一面雪景色の森の中に立たされる。そして急に、荷物を抱えて言葉を話すフォーンと出くわすのである。この出会いの場面は、ルイス・キャロルの『不思議の国のアリス』の冒頭部分のアリスと白ウサギとの〈不思議な〉邂逅を想起させるだろう。『ライオンと魔女と衣装箪笥』においてもわれわれの日常とは異なる不可思議なものが唐突に目の前に現れるのである。衣装箪笥は、アリスが落ちて行く兎の穴を水平方向に置き換えた媒介である。あるいは、水平方向を重視する読者はキャロルの続編『鏡の国のアリス』（原題『鏡を抜けて』）での別世界への通路である「鏡」のほうに衣装箪笥との共通点を見出すかもしれない。いずれにせよ、初めて別世界に入り込む衝撃という点からすれば、衣装箪笥＝兎穴の衝撃こそ始まりと言えるだろう。

今まで老教授の家にいたはずなのに、なぜいきなり雪の森の中に迷い込んでしまったのか、そもそもここは一体どこなのか、なぜフォーンが現れて話までできるのか。それらのことすべてが唐突にそして幻想的に始まる。何の予備知識なくその場へと放り込まれてしまったためである。読者は、しばしの戸惑いの後には自分たちの置かれた雪の森をあるがままに受け入れようとしていることに気づくだろう。読者を納得させるような説得力のある神秘性の感覚はおそらく、そのような状況においてさえ現実味を浮き彫りにするルイスの筆致に因るところが大きい。とはいえ、もしここで彼の説得力のある文体を考慮に入れずに描かれた内容のみについて考えたとしても、読者はナルニアの創生から歴史を追って事の起こりを承知したうえでこの場面に出遭うよりも、何も知らされないままこの状況に投げ出される方がずっと刺激的で一層文学的想像が膨らむに違いないのである。

不思議さと神秘性はイギリスのファンタジー文学に共通して見られる傾向であろうが、『アリス』の兎穴の魔法は、『ライオンと魔女と衣装箪笥』を通過して、イギリスのそのほかの作品、たとえば本作の八年後に発表されたフィリッパ・ピアスの『トムは真夜中の庭で』における真夜中だけ庭へと通じる裏口のドアや、『ハリー・ポッター』シリーズのキングズ・クロス駅の「九と四分の三番線」などにも受け継がれている。大人たちは、あるものの存在理由など知らなくても夢中になった自分自身の子ども時代の感覚そのものはもう忘れてしまっているかもしれないが、『ライオンと魔女と衣装箪笥』は、おそらくはそんな日々へと記憶を巻き戻してくれるのである。これもまた素晴らしい読書体験の一つと呼ぶべきものだろう。本作においてルーシーは、突如迷い込んだ未知の世界に対して不安よりも好奇心を覚える。『ナルニア国物語』では語りが淀みなく物語は〈先へ、先へ〉と進められてゆくが、ルーシーも初めて見たものや、まだ見ぬ未知のものへの〈憧れ〉に導かれて雪の積もる森の中で先へと踏み出してゆく。ナルニアの歴史においては最初の物語である『魔術師のおい』と比較しても、『ライオンと魔女と衣装箪笥』のルーシーの憧れへの一歩こそ、やがて展開してゆく『年代記』がこの『ライオンと魔女と衣装箪笥』から始まることを象徴的に表していると考えるべきだろう。

〔フォーン〕

別世界への扉である衣装箪笥を抜けて最初の印象的な場面は、ルーシーとフォーンとの雪の森での出会いである。ルイス自身が『別世界について』で語るように、「雪の森で傘を持ち荷物を抱えたフォーン」のイメージからすべてが始まったのであった。

すぐさま、たいそう変わった姿のひとが木々の間から街頭の明かりのもとへと現れてきた。そのひとはルーシーよりもほんの少しだけ背が高く、雪で真っ白になった傘を頭の上にさしていた。腰から上のほうは人間のようだったが脚は山羊のようだった…そして足の代わりに山羊の蹄があった。

（第一章）

フォーンはローマ神話の牧神または半獣神で、ギリシャ神話ではサテュロスと呼ばれている。上半身は人間ながら山羊の耳と角を持ち下半身は山羊である。前章の『顔を持つまで』も、フォーン自体は登場しないとはいえ古代ギリシャ・ローマ時代が舞台となっていて、こうした古典的時代設定においてこそルイスの筆致はさらに冴えるように感じられる。十六世紀の詩人エドマンド・スペンサーの『フェアリー・クイーン』(妖精女王)はルイスが親しんでいた書物だが、[三] その第一巻では踊っていたフォーンらが暴漢に襲われかけたユーナ姫を救う。あるいは、フォーンが中心となった近代文学の代表作品としては、十九世紀フランス象徴派の巨星ステファン・マラルメの『半獣神の午後』(一八七六)が思い浮かぶ。この詩で永遠の官能美を夢見る半獣神と『ライオンと魔女と衣装箪笥』のフォーンのタムナスのイメージ自体は必ずしも近いものではないかもしれない。しかしながら、クロード・ドビュッシーの管弦楽やロシアのヴァーツラフ・ニジンスキーの振り付け/主演のバレエの原型であるこのマラルメ詩の持つ文学・芸術面での影響力を思えば、文学者ルイスの頭の中にはフォーンはすでに棲みついていて、ルイス自身が神話やマラルメとは違う彼独自のフォーン像を作り上げようとしたと考えることもできるだろう。

第一巻の大団円における四人の子供たちの戴冠に象徴されるように、ナルニアは明らかに中世の〈古典的世界〉である。

…ケア・パラヴェル城の大広間では、…アスランは厳かな様子で四人の子供たちに王冠を被せて、彼らを四つの玉座へと導いたのだった…。

（第十七章）

とはいえルイス作品においては古典的な舞台というレベルを超えて、こうした題材を現代に蘇らせるような彼の筆致によって、伝統性の中にも独自性が存分に発揮されているだろう。

〔英国ファンタジーと『ライオンと魔女と衣装箪笥』〕

ルイス以前の英国ファンタジーもその様式においてナルニアの物語へとつながっている。フェアリーテイルから続くファンタジー文学の系譜が挙げられるだろう。（四）前述のルイス・キャロルのほか、ジョージ・マクドナルド、E.ネズビット、ベアトリクス・ポッターそして同年代のＪ．Ｒ．Ｒ．トールキンなどには題材や形式において近い関係性が認められる。ルイス自身、『年代記』がそういった英国ファンタジーの系譜の中にその居場所を見出すことを望んでいたと思われるのである。ファンタジー作品を読んで育ったルイスは幼い頃、兄とともに『ボクセン』（動物の国）という物語を創作して遊んでいた。ルイス自身は後に、「この『ボクセン』では、不思議なことは何も起こらず、動物たちが登場するほかは、ナルニアとの類似点は少ない」と後述の『喜びのおとずれ』の中で語っている。ここで注目すべき点は、子どものころのルイスも、『年代記』と同様にまずイメージから物語を作っていたということである。小さなイメージをさらに大きく広げてゆく想像力がルイスの創作の特徴と言えるだろう。イメージがどんどん広がって行く起点という点からも、『ライオンと魔女と衣装箪笥』からナルニアの物語が始まったと言ってよいだろう。

『ライオンと魔女と衣装箪笥』を『年代記』の起点とすると、伝統的なおとぎ話の展開の形態とは構造において異なる印象を受けるかもしれない。読者は『年代記』のずっとあとになって、それも完結間近な第六巻で、初めてナルニアの生い立ちを知ることとなるからである。歴史性はいったん解体され、全七巻読み終わって初めて時代的再構築がなされるのである。著者の意図がいかなるものであろうとも、『ナルニア国年代記』全体におけるこの解体は、ある作品単独での存在を越えて全体像の中で作品同士の関係性において新たな意味を生じさせる。そして枠組みが最後に示されるとき、それまでの各物語はさらに大きな物語の一部となるのである。これもまた『ライオンと魔女と衣装箪笥』を始まりの物語とする意義のひとつだろう。

〔ライオン〕

書名に含まれる〈ライオン〉は全巻を通して重要な役割を果たしている。『年代記』には聖書から取られた題材も少なからず見られるため『年代記』全体が聖書の真理を描いているとの読み方が多い（五）。そうした考えの多くでは、ライオンであるアスランが我々の世界の救世主と同じ役割を果たしているだろう。アスランは本書第七章で初めてその存在がビーバーから子どもたちに伝えられ、王でありまた大帝の子ともされる。

「言っておきますが、アスランは森の王で、海の向こうの大帝の息子なのです。」

（第八章）

一方、『年代記』に示された聖書を想起させるイメージの数々は必ずしも聖書と同一というわけではない。本書においては、アスランは人類や世界のためではなくエドマンドという一個人のために死んでその後復活する。エドマンドひとりを救うためという点ではここでのアスランは救世主とはまた別の存在のように感じられる。

こうした聖書的題材について当のルイス自身は『別世界について』で、「最初はキリスト教のテーマは何もなかった」と述べていて、その言葉を素直に受け入れるべきであろう。(六)ルイス自身によれば、「『ライオンと魔女と衣装箪笥』のフォーンのイメージが現れたときにはアスランはまだ創造されておらず、後になってアスランが飛び込んで来た」のであった。(七)やがてそれが聖書のイメージと結びついてゆくのである。「『ライオンと魔女と衣装箪笥』はキリストの受難と復活に酷似しているので、読者はそのままルイスがキリスト教の真理を語ったと感じてしまう。…この作品のどんなあらすじも実際の物語よりもキリスト教の教えと似てくるが、読者は話そのものを読む(八)」とも論じられている。いずれにせよ、ルイス自身の文体が語りかけてくる言葉はいわゆるあらすじとは異なる感覚を伝えているのである。実際われわれが本作のテクストそのものを読んだときに感じ取る高揚感は『ライオンと魔女と衣装箪笥』という文学作品としての感動というべきもので、聖書が語る真理とはまた別のものとも感じられる。ルイスはキリスト教の深奥に潜む事実としての「神話性」[九]の存在を確信し、『年代記』でその神話の再創造を試みようとしたと言うこともできるだろう。こうした文学創造の意識下の働きとして、「キリスト教の意味を理性に訴えて伝えるのではなく、その心の中心にある想像力と感動をじかに伝える」[十]という言葉に要約されると言うべきではなかろうか。こうした神話性こそ、読者が『年代記』から感じ取る〈憧れ〉の源泉であるように思われる。

〔探求の物語〕

『年代記』全七巻は冒険／探求の物語である。〈探求〉の主題はたとえば中世ヨーロッパの聖杯伝説を想起させる。ナルニアへ入った人間界の子どもたちは、いわば聖杯を求めて駆り立てられる円卓の騎士たちのごとく未知なる憧れを目指すのである。ルイスは『年代記』と同時期に自叙伝『喜びの訪れ』（一九五五）を出版している。この自叙伝は彼が無神論からキリスト教に回心するまでを綴ったものであり、必ずしもナルニアの物語と直接的に結びつけることはできないかもしれない。とはいえ彼が以前から未知なるものに対して感じていた心がうずくような甘美な憧れが「喜び」という言葉で自叙伝に表現されている。この〈探求〉という行為は、未知のもの＝永遠なるものに対するときめくような憧れと呼んでもいいかもしれない。ナルニアの物語はどれも憧れの探求と考えることができるだろうが、『ライオンと魔女と衣装箪笥』を含めた『年代記』の作品の主題が憧れすなわち喜びの探求と通じるものなら、その精神はこの自叙伝と重なるところがあるだろう。

〔対立するもの〕

『ライオンと魔女と衣装箪笥』という題名に関しては、物語の中の異なったものの混合を表しているとも考えられる。構成の点では物語は先へ進んでゆくような構造が基調となっている。主題は作者の頭に閃いたイメージから始まり、古典的世界観の中で『新約聖書』のモチーフを通過してさらに普遍的な文学的主題へと至る。すなわち題が示すようにいくつかのレベルが複合的に積み重なったものとして考えられるだろう。題の中の「ライオン」と「魔女」は明らかに対立概念として提示される。他方、その二者に続く「衣装箪笥」にはいくつものイメージが重ねられている。第一に、これは我々の人間世界とナルニアとを繋ぐ「扉」であることはすでに述べた。衣装箪笥そのものはこちらの世界に存在しているのだが、その内側は両方の世界に接している。アスランと魔女の対立がある一方、衣装箪笥はこちら側とあちら側との間の中間的存在である。題名の中で前の二者の対立の中和作用が暗示されていると考えることもできる。正義によって悪が滅びるという単純な直線的構造をこえて、アスランや子どもたちの力によって冬のナルニアに春を呼び戻しその中和作用の結果として魔女が屈するのである。

この作品においてはぶつかり合う多くの事象や心象が描かれているが、結局のところそれらはライオン対魔女という図式に集約される。これ自体は素朴な善悪や白黒などの二元論に基づくものと言えようが、このテクストにおいては以下に示すように対立構造がプロットに組み込まれて両者の力学的運動が物語を推し進める仕掛けとしても機能している。その効果は互いに相手を際立たせ緊張を作り出しているだろう。冒頭部分で突然我々の目の前に広がる〈冬〉の情景に対して、後半で巡ってくる〈春〉とのコントラストはもっとも分かりやすい例であろう。ここでは季節を映して雪の白色に対する花や葉の鮮やかな色合い、さらに雪の森の静けさに対する鳥や動物の鳴き声などの対比も見られる。ほかにも冬の魔女に抵抗することができずに涙を見せていたフォーンに対して魔女が去ったあとの春のナルニアの国中のお祭り騒ぎも対照的である。人物描写の点からいえば、魔女側の邪悪な怪物たちの陰気さと比べ、アスラン側のナルニアの動物たちは生気にあふれて描かれる。このように対立概念は単なる対比を超えて、物語全体の基調を作り出している。

登場人物、特に中心的役割を果たすルーシーとエドマンドにも対立の構図が見られる。ルーシーが初めてナルニアに迷い込んだとき、彼女を迎えたものは正直なフォーンと暖かい彼の棲み処だった。一方、エドマンドが出会ったものは高圧的な態度を隠し持った魔女と凍てる冬の寒さだった。心揺らいでいたフォーンに対しルーシーは強い正義感を持って彼を改心させて自らの危機を乗り越えた。他方、エドマンドは魔法のお菓子（ターキッシュ・デライト）の誘惑に負けて無自覚のまま裏切りの方へと歩んで行ってしまった。また人間界へ戻ったときも、ルーシーはナルニアでの出来事を兄姉たちにありのままに伝えて分かち合おうとしたが、エドマンドは私利のため嘘をついて体験をひた隠しにする。その後魔女に囚われてしまったエドマンド救出を試みる子どもたちと魔女の対立はキリスト教対異教の戦いを想起させるかのように描かれ、子供たちはあたかも十字軍のごとく魔女に挑むのである。一方、エドマンドの裏切りは最後の晩餐のユダと重なってゆく。子どもたち四人がナルニアを訪れたときビーバーの家でルーシーらがアスランを待ち望んで結束を固めているとき、エドマンドはあたかもユダのごとくそっとその場から逃げ出し、魔法のお菓子と引き換えに兄弟たちを魔女に売ったのであった。その後もルーシーらが勇気と憧れに満ち溢れていたのに対して、エドマンドは失意と恐怖に苛まれることになる。結局、ルーシーはアスランと自分とを始めから信じてその信念が揺らぐことはなかったのだが、エドマンドは魔女に殺されかけたところをかろうじて救出されて初めて自らの過ちに気づいたのであった。

〔ライオン対魔女〕

前段の対立構造は先に示したように「ライオン」と「魔女」の対立に集約されるものである。この二者の対立からテクストに表されたあらゆる敵対や緊張が生じている。しかしながら、物語の進行に従って魔女の優位性が薄らいでゆくと徐々にこれらの緊張が緩和の方向に向かい、最後は復活したアスランの勝利とともにすべての対立が完全に解消される。魔女はナルニアに対する支配力を失ったとはいえ、ナルニアのすべてのものがアスランの手に移ったわけではない。魔女が去っていったあと、アスランもまた来た時と同じように去ってゆくからである。したがって、この対立解消の結末は単なる勝敗とは異質のものであろう。確かにナルニアは元々アスランが創造した世界(『魔術師のおい』)として在るのだが、その後のナルニアはその支配下にあるというよりそこに生きる動物たちも含めて、もっと自立した世界であった。この物語は二元論の善悪の対立の結果から見ればアスランの勝利に終わったように見えるのだが、実際にはアスランの表す特質のほうがナルニアのあるべき姿により近かったと捉えるべきだろう。アスラン自身がナルニア世界をそのように創造したと言うべきかもしれない。いずれにせよ、魔女は私欲からこの国を思うままに歪めようとしてアスランに挑んだのであった。アスランはその混乱状態を正すためにこの挑戦を受けナルニア本来のあるべき姿を求めた。

大団円の対立解消はある意味では融和、あるいは中和作用と呼んでいいものであって、融和の象徴としてここに題名にあった「衣装箪笥」が中立状態に新たな意味をもって立ち現れてくる。物語の最後で子どもたちは再びこの衣装箪笥を抜けて元の世界に戻ってゆくのである。ルーシーの心に代表される憧れは、その憧れをくじこうとする対立概念との関係性によっていっそうはっきりと認識され喜びの探求の劇的効果が高められている。

〔喜びの探求〕

ルイスが憧れというモチーフを自身の作品において語るとき、それは喜びの追求として表現され、子どもたちの冒険を通してその感覚を探ろうとしているだろう。憧れはどの物語でも物語を先へと進める推進力になっている。ナルニアはいわば、憧れを求めるための文学的実験場として機能しているようにも思われる。読者にとって七巻を発表順に読んでゆくことは理想を求める気持ちが高まってゆくことでもあるだろう。ついには『最後の戦い』において、衝撃的に〈憧れ〉はさらなる〈真実の喜び〉を目指すものに置き換えられる。『年代記』を憧れの追求の物語と捉えるならば、われわれにとってそれは、作者ルイスが作品を発表するごとに読者がその作品に描かれた思いを共有してゆくという交感の追体験の中に存在するように思われる。

『ライオンと魔女と衣装箪笥』を最初に書き始めた時点では、『魔術師のおい』に描かれるナルニアの創造はまだ形象化されていない。けれどもナルニア創造の瞬間の姿は、『ライオンと魔女と衣装箪笥』の文字には書かれていないどこか奥底に、具体的な形を持たないままに憧れとしてあたかもひとつの星の始まりとなる気体のように渦巻いているようにも感じられる。そしてこの『ライオンと魔女と衣装箪笥』という憧れの具象としての作品表現に呼応して、『年代記』後半においては枠組みという外的形式を持ってその存在理由を完結させようという意志が示される。その結果として、『魔術師のおい』が具体的な開闢の形として表わされたのだろう。『ライオンと魔女と衣装箪笥』の最後の行に書かれた言葉が『年代記』第一巻としてのこの作品の意味を表しているだろう。

…ナルニアの冒険は、ようやく始まったばかりであった。

（第十七章）

＊＊＊＊＊＊＊

『ライオンと魔女と衣装箪笥』は、『年代記』の歴史上最初の物語ではないにも関わらず全七巻において第一巻として発表された。それは単にナルニア最初のイメージ、すなわちルイスの頭の中に閃いた「雪の森のフォーン」から『ライオンと魔女と衣装箪笥』が書き始められて最初に発表されたという事実のみにかかっている問題ではない。憧れがもっとも初々しく、文字通り憧れそれ自体であった状態が『ライオンと魔女と衣装箪笥』という作品であったと言えるだろう。ここにはルイスの想像力の原点がそのまま凝縮されているがゆえに本作がナルニア精神の始まりであると考えられるのである。この原点から彼の想像力は一気に広がりを見せ、壮大な『年代記』七巻へとつながってゆく。この若々しい憧れはその若さゆえにほかの六編より先に置かれるべきものである。

二『カスピアン王子』――別世界への帰還

二　『カスピアン王子』——別世界への帰還

〈カスピアン三部作の始まり〉

『カスピアン王子』［*Prince Caspian*］は、『ライオンと魔女と衣装箪笥』についで発表された『年代記』第二作目である。この巻から始まる三作品は〈カスピアン三部作〉と呼ばれ、カスピアンを巡って物語が展開してゆく。

第二巻『カスピアン王子』（一九五一）
第三巻『ドーン・トレッダー号の航海』（一九五二）
第四巻『銀の椅子』（一九五三）

本作では特にナルニア人カスピアンの活躍が人間界から参加する子どもたちと同様に多く語られていて、ルーシーやエドマンドら四人の子どもたちの行動を中心に描かれた前作

『ライオンと魔女と衣装箪笥』とはそのムードも主題も異なっているように感じられるだろう。『カスピアン王子』は、『年代記』の第二作目という事実のみから捉えれば文字通り続編と考えられるかもしれない。とはいえナルニア人カスピアンを中心に描いている点では前作とは違って、ナルニア側の視点から書かれた物語と読むこともできる。同じナルニア世界を舞台としながらも第二巻は内容的には単なる続編以上のものであると考えるべき作品と言えよう。

〔別世界への帰還〕

『カスピアン王子』英語版の表紙を開いてまず目にとまるものは扉の表題の下にある「ナルニアへの帰還」［*The Return to Narnia*］という副題だろう。実は『年代記』全七巻の中で副題を持つものは唯一この作品だけである。(二) 副題の「帰還」とは、第一義的には四人の子供たちとアスランとが再びナルニアに戻ってくることを表している。さらには、ナルニアがその本来の「あるべきナルニア」へ回帰すること、すなわちナルニアの再生を示唆したものでもあるだろう。あるべきナルニアとは、第一巻『ライオンと魔女と衣装箪笥』の結末でルイスが示した状況で、アスランをその象徴とし、ナルニアの王としては人間を戴いた状態と考えてよいだろう。第一巻の始まりがそうであったように、この第二巻においても最初は堕落したナルニアが描かれている。「帰還」とは、あるべき姿すなわち第一巻の物語の最後に描かれた理想の状態への回帰も暗示していると捉えられるのである。

『カスピアン王子』は『年代記』の第二作目として第一巻の翌年に出版された。前作は一九四八年にはほぼ完成したが、本作は一九五〇年二月末に完成していたとされる。(二)『ライオンと魔女と衣装箪笥』を書き始めた時点ではその一作のみで終わるはずであり、第二巻の執筆の時点でさえも『年代記』の全体像はルイスの頭の中にまだ構築されていなかったと考えられている。(三)したがって、全七巻完結後に現在われわれが読むことができるような創世から終末へという流れの『年代記』像が具体的に固まって行くのはもう少し後になってからということになるだろう。いずれにせよ本作はまず第一巻と同様のモチーフによる「続編」として書かれ始めた。『カスピアン王子』の本文は、第一行目から、

かつてピーター、スーザン、エドマンド、ルーシーという四人の子どもたちがいたが、四人がどんな素晴しい冒険をしたのかについては、『ライオンと魔女と衣装箪笥』という別の本に書かれている。

（第一章）

というように、読者に対して最初に続編であることを伝えてから物語が幕を開ける。副題とともに本作の原型となった（四）第一巻について作品名と登場人物を具体的に提示してそれが確実に意識されるよう意図されているのである。そののちナルニアの危機に際してカスピアンの角笛が吹かれて、この子どもたちは再度ナルニアへと呼び出される。

〔続編としての『カスピアン王子』〕

『カスピアン王子』は、征服者に支配されたナルニアがカスピアンの活躍によって本来のあるべき姿を取り戻すという話であるが、この物語はどのような意図のもとに書かれたのだろうか。ルイス自身の手紙によると『ライオンと魔女と衣装箪笥』は当初それ一冊で完結するはずの物語であったが、やがてルイスの想像力が勝って続編が完成した。ところが本作を構成の点から分析してみると単なる続編ではないものを目指したように感じられる。ナルニアという枠組みにおいては第一作と同様でありながら、いったん完成したその特質とはやや異なる方法をもって異なる視点を加えつつ再生を試みたように思われる。第一巻のおとぎ話の世界のような性質とは対照的に第二巻ではさらにこの別世界をより具体的なものとすべく、いわばナルニアの再定義を試みたのではないだろうか。

第一巻、第二巻の両作品は当然のことながらそれぞれ独立した物語としてストーリーが展開してゆく。『年代記』の中の初めの二作として互いに関連性は強いとはいえ、(五)別々に読んでみればふたつの物語としての自立性を保った作品と感じられるだろう。しかしながら表面的な展開だけでなく構造に目を向けて作品を読んでゆくと、『カスピアン王子』と『ライオンと魔女と衣装箪笥』の相似形が浮かび上がってくる。(六)この第二作目はいかなる点で前作と似ていて、また異なるのだろうか。以下のような両作品の共通点やパラレルな構造を見るとそれらが意図されたものであると分かるだろう。

〔第一巻と第二巻の共通点〕

『ライオンと魔女と衣装箪笥』と『カスピアン王子』の構造的共通点を比較してみよう。

(一)　ペヴェンシー家の四人の子供たちが危機を救うべく人間界からナルニアに入るが、四人の子供たちは自分たちの意志からではなく必要とされてナルニアへ引き込まれてゆく。

（一）ナルニアの危機の状態から物語が始まる。すなわち、邪悪な征服者がナルニアを不正に支配している状態である。第一巻では白い魔女。第二巻ではミラーツ。

（両作品とも第一章）

（二）右の（一）が原因となって、本来の住人である話す動物たちは身を潜めて暮らし、木々の精や川の精たちは眠りについたままの状態となっている。

（両作品とも第二章）

（三）四人の子供たちは、ナルニアに入った当初は状況が何も把握できないままだが、冒険の進展につれて、隠れ住んでいる動物たちと巡り合って団結し、やがて精霊たちも目覚めて味方につく。仲間との団結は、『年代記』におけるもうひとつのモチーフとも言えるものである。

（『カスピアン』第六章、『ライオン』第七章）

（四）両作品とも、ルーシーは最初からナルニアやアスランの存在を信じることができるが、他の兄弟たちはなかなかルーシーの言葉を信じようとしない。それぞれの作品の中心人物であるルーシーそしてカスピアンは、決して信念を捨てない人物として描かれている。

（『カスピアン』第五章、『ライオン』第一章）

（五）

（『カスピアン』第九章、『ライオン』第三章）

（六）どちらの作品も仲間による裏切りが含まれている。第一巻ではエドマンド。第二巻では小人のニカブリク。
（『カスピアン』第十二章、『ライオン』第八章）

（七）物語の前半から到来が期待されていたアスランが、ついに姿を現しナルニア軍を助ける。両作品とも、アスラン不在の時期にはナルニアの住人たちの中にもその存在を疑うものたちが出てくる。
（『カスピアン』第十章、『ライオン』第十二章）

（八）スーザンとルーシーの姉妹ふたりは激しい戦いには参加せず、その間はアスランの背中にのって他の仲間たちを救出する役割を担う。
（『カスピアン』第十四章、『ライオン』第十六章）

（九）両作品とも、最後に敵の指揮者と一騎打ちをするのは年長のピーターだが、とどめを刺すのは彼の役ではない。第一巻ではアスランが魔女を討つ。第二巻では家来が自分の君主ミラーツを殺す。物語で悪との戦いは不可避だが、子どもたちには殺人はさせないようにという意思が表されていると考えられるだろう。
（『カスピアン』第十四章、『ライオン』第十六章）

（十）最後には人間の王がナルニアとその動物たちを治める。第一巻では四人の子供たち。第二巻ではカスピアン。
（『カスピアン』第十五章、『ライオン』第十七章）

これらの共通点を見ると、(八)、(九)に関しては子どもたちを残酷な行為から離しておこうとする作者の思いも読み取れる。また(十)では、ナルニアは言葉を話す動物たち中心の国であるのだがルイスはこの国を治める王は動物たちではなく人間と考えていることが分かるだろう。これは『旧約聖書』「創世記」を想起させる。

神は言われた。「我々にかたどり、我々に似せて、人を造ろう。そして海の魚、空の鳥、家畜、地の獣、地を這うものすべてを支配させよう。」

(「創世記」一：二十六)

王位に関してはこの第二巻ではカスピアンの即位によって、四人の子供たち以来の正当な人間のナルニア王が再び即位することとなる。

「よろしい」とアスランが言った。「…それではわれらのもと、高位の王ピーターのもとあなた(カスピアン)はナルニア王、ケア・パラヴェルの城主となるのだ…。」

以上のように構成に目を向けてみれば、第二作は始まりから展開そして結末までの重要な部分において物語はあえて前作と同じ形式でパラレルに造り上げられていることが分かるだろう。『カスピアン王子』が事実上『ライオンと魔女と衣装箪笥』の構造を意図的に踏襲した〈再構築〉をめざしていたと考えてもいいように思われる。単なる続編であれば前作のイメージや主題は引き継ぎつつそこに変化を求めて発展させるはずであり、これほど対称性にこだわる必然性もないだろう。こうした繰り返しはかえって形式における発展性の欠如と捉えられる逆効果の恐れさえあるからである。したがって、ここに見られるような具象性へのこだわりは作者があえて意図をもって描いたものと考えられる。

〔地理的描写〕

『ライオンと魔女と衣装箪笥』はルイスの頭の中に浮かんだ「雪の中のフォーン」のイメージから始まったことは述べたが、その第一作目の物語は彼の心象風景としてのおとぎの国とそこにまつわる憧れを言葉によって表現することを目的としたものであったと言えるだろう。そのためか、第一巻に描かれた世界は地理や風景の現実感というよりは薄靄に霞んだ不思議の国であり、あたかもルーシーが衣装箪笥の中を手探りで進んでナルニアに辿り着いたように、『ライオンと魔女と衣装箪笥』の物語自体もイメージを手探りで描き進めていったという印象さえ感じられる。それに対して、『カスピアン王子』における描写は、前作に比べて多くの点ではるかに直接的で力強いものとなっている。物語の地理的構成の点でも具体的なものへの関心という新たな視点を得て彼の内なる別世界は細部に至るまで構築され直されているのである。(七)

「僕が言おうとしていたことは」と、エドマンドが続けた、「その道をゆく必要はないんだ。もう少し南へ漕いでグラスウォーターの入り江まで船で行けばいい。そうすれば石舞台の丘の裏へ行けるし、海にいる間は安全だろう。すぐに出発すれば暗くなる前にグラスウォーターの奥に着いて数時間眠れるし、明日朝早くカスピアンと落ち合えるさ。」

（第八章）

このような細かな描写によってナルニアの地理的状況が手に取るように伝わるよう書かれ

ている。第一作で描かれた幻想の国に対して、第二作では別世界とはいえ現実味を持たせたいという欲求が、『カスピアン王子』の描写から感じ取れるだろう。一層具体的なナルニア世界の構築という新たな目的をもって、第二作は単なる続編ではなくルイスが第一作で描いたフェアリーテールの原型をさらに深化させリアリティーを付加するよう意図されたものとなった。換言すれば、原型たる精神に形を与えるべくナルニアが新たな精神を取り込んで肉体化されたと捉えることもできるかもしれない。

ルイスは、子供時代に兄ウォレンと一緒になって動物の国『ボクセン』の物語を作り、大人になると、子ども時代の別世界への探求心はそのままに『ライオンと魔女と衣装箪笥』においてさらに細密なナルニアという世界をあらたに想像し言語化したのであった。第一巻を書き終えた後に彼が目指したのはそのナルニア世界をさらに明確なものにしたいという志向であったように思われる。いっそう具体性を増した地勢の描写を通して、読者が読み進めて行くうちにナルニアとそこを取り巻く地理的状況に関しておおよその地図を思い描くことができるようになることは第一巻では考えられなかったことである。肉体を与えられたかのごとく具体化されたナルニアを読者は手に入れたのである。ルイスが別世界でも〈手触り感〉を求めたと言うこともできるだろう。第一巻の美しい銀世界や春のまぶしさはあたかも靄に映し出されたような景色だったが、今回は実際に触れられるかのような世界を目指して再生が試みられたと感じられる。それがルイスの意図であり、単に同じ題材を同じようにもちいながら違うストーリー展開を提示するだけの続編の方法が退けられたことが分かるだろう。この意図を徹底するために著者は物語の展開の裏側にあえて構造において前作との対称性を採用し、第二作の方法を際立たせようとしたのではないだろうか。この新たな地理的具体化の視点によって生まれた本作は、その具象性への志向をもって『年代記』に〈カスピアン三部作〉という展開をもたらすこととなった。

〈再生をめざして〉

『カスピアン王子』は、描写の具体性と第一巻とのパラレルな構造をもちいてナルニアの再構築を試みているが、作品の進行においてもまた再生の心象が織り込まれている。物語の第四章から七章は小人トランプキンによって語られる過去のできごとで、いわば劇中劇の効果を生み出している。ここでは子供たち四人が第一巻のあと人間の世界に戻っていた短い間の、ナルニアにおいては長い歴史的状況が再話として再生されている。そこで語られる幼少期のカスピアンは、はじめはナルニアについて何も知らなかったのだが（八）、乳母からその話を聞かせてもらうという場面からはルイスと亡き母親とのやり取りさえ想像したくなるかもしれない(九)。この乳母は不正な王によってカスピアンから遠ざけられたのち病気で死の淵をさまよう。アスランによって病から救われ、カスピアンと再会を果たすことによって心身ともに回復して再生の象徴とされている。

乳母はまさに死への戸口にいたのだが、目を開くと輝くたてがみをもったライオンの顔が彼女の顔を見つめていた。……おばあさんはアスランの背中から滑り降りてカスピアンに駆け寄ると、ふたりは互いに抱き合った。彼女はカスピアンの愛しい乳母だったのである。

（第十四章）

同じく後半でアスランの背中にまたがったルーシーとスーザンが圧政下のテルマール人の町を開放して自由をもたらすが、この場面には抑圧された人間性の再生への願いが示されているだろう。

不正な侵略者のために深い眠りについたままのナルニアの木々の精はアスランが近づい

たことで目を覚ますが、ここでも第一巻とパラレルに描かれていてアスランと春の訪れが重ね合わされている。春の景色は復活祭／イースターのイメージへとさらに連想をつなげてゆくだろう。これらのイメージは石塚（マウンド）に集約されている。カスピアンらが砦とするアスランの丘にある石塚はあたかもイエスが復活を果たした墓穴の象徴のように感じられる。この隠れ処の内部構造は殻に守られた卵の内部そのものでもあり、イースターで卵が復活の象徴となっていることを思い出させるのである。カスピアンらはこの塚の内側でまず内なる敵となった裏切り者のニカブリクらを倒し、そのあと内側から外へ出て行きナルニアの復活を勝ち取ってナルニアの再生を実現させる。

〔再生の多重イメージ〕

ところで物語の後半では、ローマ神話のバッカス（ギリシャ神話ではディオニュソス）がナルニアの精霊たちや人間の町の開放を手助けする。第一巻でのサンタクロース登場と同じように、ナルニアにバッカスが現れることに違和感を覚える人もいる。(十)しかしながら、バッカスとは葡萄酒神であると同時に豊穣の神であることを思い出せばルイス自身の古典ヨーロッパ的世界観に照らしても登場の意図は明らかで、豊穣と再生との近似を想像することは不自然とは言えないのではなかろうか。他のファンタジー作品同様に、この別世界も閉じられた空間であるべきと規定することを好む読者もいるだろうが、ルイスの内なる想像性はそのような考えをも超越しているのである。

石塚は再生の主題に対するアンチテーゼも内包している。第十二章のアスランの丘内部での作戦会議において小人ニカブリクらは、ミラーツ王に対し形勢が不利となったナルニア側の援軍として前作で滅んだ白い魔女の再生をカスピアンらに提案する。いわば遡行する再生という概念がここで提示されている。いにしえのナルニアの宿敵を黒魔術によって死の世界から蘇らせて、現在の目の前の敵であるミラーツ軍に立ち向かわせようという作戦は、それ自体がナルニアの歴史的事実を読み違えているのである。

「…魔女が本当に死んだと誰が聞いたでしょうか。いつでも彼らを連れ戻すことができます。」

「魔女を呼び戻せ」暗い声が言った。「準備は整っている。円を描け。青い火を焚け。」…

「それがお前の計画だな、ニカブリク！　黒魔術と呪われた幽霊の召喚か…。」

（第十二章）

この悪の化身を復活させようというもくろみは、しかしながら、カスピアンらによって裏切り者とともに退けられ内部からの負の再生は実現に至ることはなかった。このようなアンチテーゼは、再生という主題を善悪の観点からも際立たせる効果を生んでいるだろう。やがてミラーツも倒されて善を成就させて大団円へと向かう。こうして本作は、前作を踏襲しつつも新たな再生の物語として成立している。

＊＊＊＊＊＊＊＊

『カスピアン王子』は『年代記』の二作目であるが、単なる続編ではない。構造に目を向けると物語の展開はあえて前作の『ライオンと魔女と衣装箪笥』の相似形として再構築されている。本作は、第一作に表されたルイスの内なるおとぎの国の原型にリアリティーを与え、一層具体性を増した別世界として同じナルニアを新たに再生させようと試みたように思われる。そこから物語にも再生の象徴が織り込まれ、実際に目に浮かぶかのような新たなナルニア像が再構築されたのである。

三　『ドーン・トレッダー号の航海』――中世的世界の広がり

三　『ドーン・トレッダー号の航海』——中世的世界の広がり

〔船の名前〕

第三巻『ドーン・トレッダー号の航海』［*The Voyage of the Dawn Treader*］（一九五二）を含め、『年代記』の舞台となっているナルニアはわれわれの歴史観から見れば中世的世界として描かれている。とはいえ、本作のモチーフとしては海の旅であるため一読しただけでは中世的要素はあまり感じられないかもしれない。作品を読んでゆくと、しかしながら本作も古典的世界の規範のもとに描かれていて、実際には『年代記』の中でも特に中世志向が強く表現された作品とさえ言えるのである。

本作の原題の船の名は、「夜明け（ドーン）」を「踏みしめるもの（トレッダー）」である（岩波版の訳では「朝びらき丸」）。夜明けは「東」を暗示していて、本作ではこの船が目指す「東の果てのアスランの国」へとつながってゆく。原題で「航海」と言っている通り、物語は海の冒険が大部分を占める。海原を行くのに「夜明けを踏みしめるもの」とはどういうことだろうか。解釈はいろいろな可能性があるだろうが、筆者の考えでは、「夜明け」が暗示する東の果ては「アスランの国」なので、その地を「踏みしめるもの」とはアスランその人を指すと捉えることができるように思われる。さらには、その東の果てを目指して最終的にアスランの国を「踏みしめるもの」となることを願って航海に出たカスピアンをも指している可能性もあるかもしれない。

〔『年代記』は全三巻か〕

『ドーン・トレッダー号の航海』は『年代記』の第三巻で、カスピアン王子が活躍する〈カスピアン三部作〉（第二巻『カスピアン王子』、第三巻『ドーン・トレッダー号の航海』、第四巻『銀の椅子』）としては第二作目である。ところで第一巻『ライオンと魔女と衣装箪笥』を書き終えた段階ではルイスは続編の予定はなく、たった一冊で物語を終えるつもりだったと手紙の中で語っていることはすでに述べた。その後に続編が書かれることとなるが、それでもなお、当時はナルニアの物語はこの三作目『ドーン・トレッダー号の航海』で終わって、全三巻で完結予定だったと伝えられている。ルイス自身は手紙の中で、「（第三巻の）『ドーン・トレッダー号の航海』を書いたときには、間違いなくこれで終わりだと思った」と述べている。ルイスの言葉を素直に解釈すれば、今われわれが目にしている第一巻から三巻までが、いわば「原・年代記」（『ライオンと魔女と衣装箪笥』、『カスピアン王子』、『ドーン・トレッダー号の航海』）と考えられる作品群なのである。「原・年代記」三作と〈カスピアン三部作〉は、作品二作が重なっているのだが、ルイスの言葉に従えば、当初は三部作中の二作目である『ドーン・トレッダー号の航海』で『年代記』が終わるはずであって、三部作最終作の『銀の椅子』はごく初期段階では予定には無かったことになる。

『ライオンと魔女と衣装箪笥』の続編に着手した時点では、したがって、〈カスピアン三部作〉という概念は存在しなかったということになるだろう。換言すれば、この三部作の初めの二作は、もともとは〈カスピアン三部作〉として書かれたものではなく、もっと大きな枠組みである上記「原・年代記」の展開部という構想の中での位置づけだったはずである。実際にはわれわれが知っているように『年代記』は全三巻で完結することはなかった。『ドーン・トレッダー号の航海』脱稿と相前後して『馬と少年』も完成、そのおよそ二ヶ月後には、ルイスは第四巻『銀の椅子』に取り掛かっている。当初は最終巻の予定だった第三巻完成のころ、おそらくルイスは既発表の三作品に自ら再解釈を加えたということであろう。その創作の過程で、すでに完成している作品に描かれている事柄から帰納法的に年代記として整合性を持たせつつ新たな物語を書き加えて、残る全体像を再構築し進展させることに思い至ったと考えることができる。

〔前の二巻を受けて〕

「原・年代記」と呼ぶべき最初の三作、すなわち本作まではルイスのひらめきをそのまま物語にしたものと言ってもよいだろう。第一巻はルイスの頭に浮かんだナルニアの原型を物語にしようという形で書き上げられ、その後、第一巻をさらに具体的に発展させたのが第二巻、そしてさらなる想像力の広がりを第三巻として作品化させていったと考えられる。『ライオンと魔女と衣装箪笥』は、フォーンの姿に代表されるナルニア創造の源泉の表明であった。ナルニアの風景（はじめは雪に閉ざされ、後半では春の息吹に満ち溢れる）に加え、話をする動物や人間の四人の子どもたち、ライオンのアスラン、そして敵役の白い魔女までもが、物語の中でそれぞれの役柄として生命を吹き込まれたことに歓喜しているかのような姿が生き生きと描かれている。続く第二作目『カスピアン王子』は、第一作で想像力のままに自由に描いたナルニアのそれぞれの景色を地図上に描けるほどに展開し、それぞれの地点が地理的に結びつくよう具体化させようとする試みでもあった。危機を知らせる角笛が吹かれたことによって再度ナルニアに引き寄せられた子どもたちは、宿敵に挑むカスピアンと合流すべく目の前に現れるナルニアの大地の地理上の謎を解明しながら厳しい旅を続け、その具体的な景色が読者の目の前に広げられてゆく。それでは、次にくるこの第三巻の狙いはどこにあったのだろうか。

〔別世界の海図〕

前作『カスピアン王子』では、正確な地図が描けるほどの写実的な描写が現れることはすでに述べた。もともとは最終巻になるはずだったこの『ドーン・トレッダー号の航海』においては、前作でナルニアの〈大地〉すなわち〈土地や領土〉を表現し終えた後で、今度は〈海〉すなわちナルニアが接する〈領海と島々〉を描こうという明白な目的を持って物語が構築されてゆくのである。(二) これこそが第三巻が〈海の旅〉となった理由と言えるだろう。こうして三冊を通して想像しうる〈ナルニアという別世界のイメージ〉(第一巻)、〈陸地(第二巻)〉そして〈海の領域(第三巻)〉のほぼすべてを描き切って、『年代記』は全三巻で完結するはずだったのである。さて、『ドーン・トレッダー号の航海』では、カスピアンらが海へ出てナルニア世界の果てまで航海を続けるが、人間界の子どもたちも魔法の力によってこの船旅に同行する。

前二作でのナルニアの〈地上世界〉の後でここでは〈海の世界〉なのだが、東の海の果てはアスランの国への入り口であり、そこはさらに〈天上世界〉への扉となっていると言われている。こうした点から見れば、ルイスはこの三作で、ナルニアの風景や陸地の地理、住民である動物たちや周辺の他民族といった〈地上界〉から始めて、海を渡りついには地の果てのアスランの国への扉という〈天上界〉入口まで巡ることになる。十二世紀〜十三世紀のダンテ・アリギエーリの描いた「地獄篇、煉獄篇、天国篇」という綿密なカトリック世界における構成とは比べるべきものではないが、『神曲』を思い浮かべる読者がいるかもしれない。本作の時点でおそらくルイスには、最初に浮かんだ〈フォーンと雪のナルニア〉のイメージから出発して、そこから想像され導き出されるナルニア世界の〈水平／上下の空間的広がり〉をほぼ描ききったという気持ちもあったように思われる。そう考えるなら、彼がその言葉通りに『ドーン・トレッダー号の航海』をもって『年代記』完結と実際に考えていたことも十分に納得できることであろう。

〔海の旅の文学的系譜〕

『ドーン・トレッダー号の航海』全編を貫くモチーフは〈海の旅〉である。前作でナルニアの陸地を写実的に示して陸の冒険を書き終えたのち、ルイスは今作で海上の冒険に挑戦した。ガルマ島、テレビンシア島、七つ諸島を過ぎ、三つの島からなるローン諸島までは古くからのナルニアの領域であったが、その先は誰も旅したことのない海原が続く。カスピアン王子らはかつて航海に出たまま戻らない父王の友人の諸侯たちの行方を求めて、さらには言い伝えによればアスランの国があるという海の向こうの東の彼方にある世界の果てを見届けようと帆船に乗り込んで出発したのだった。人間界からは、魔法の力で海を越えてナルニアに入ったルーシーとエドマンド、さらにユースティスという三人の子供たちが途中でこの船に引き上げられて旅をともにすることとなる。そこで彼らを待ち受けていたものはまだ誰も知らない魔法にかかった不思議な島々だった。

古典文学の中で航海を扱ったものといえば、真っ先に浮かぶのは古代ギリシャ最大の詩人ホメーロス（紀元前八世紀頃）の『オデュッセイア』だろうが、ルイスも、オデュッセウス（ユリシーズ）の漂流譚の再話とも呼べるような奇妙な出来事が起こる冒険を本作で展開している。最終章ではカスピアン王子がドーン・トレッダー号を降りてボートで単身世界の果てを目指そうとすると、騎士リーピチープは王子がナルニアへ戻るべきで船を降りることは縛ってでも制止しなければならないと主張する。エドマンドは先のユリシーズに言及して読者にホメーロスを喚起させている。

「まさにその通り、」エドマンドが言った。「ユリシーズが海の魔女セイレーンの歌を聞こうと近くまで行きたかった時に、仲間の船員たちが彼を縛りつけたようにね。」

（第十六章）

セイレーン（英語名、サイレン）とは、『オデュッセイア』に描かれた海の精で、上半身は女性、下半身は鳥（または魚）の姿である。岩礁の上で歌いその美しい声で船乗りたち惑わせ、海難事故を起こすと言われた。

十六世紀末のスペイン無敵艦隊撃破以降、近代において七つの海を支配した大英帝国においては〈探求〉とは航海そのものでもあった。新大陸をめざしたメイフラワー号（一六二〇）も思い出されるだろうが、乗り込んだピルグリム・ファーザーズたちもまたカスピアンのように、神の国を目指したのであった。一方、十八世紀前半のダニエル・デフォーの『ロビンソン・クルーソー』（一七一九）やジョナサン・スウィフトの『ガリヴァー旅行記』（一七二六）も航海をもとにした物語である。とはいえ航海の影の部分として、そのどちらの作品においても船が嵐で難破するところからそれぞれの物語が展開してゆく点は本作とは根本的に異なるのである。あるいは、十八世紀末のサミュエル・テイラー・コールリッジの『老水夫行』（一七九八、一八一七）の不可思議な航海詩は、展開は異なるとはいえ、もっと直接的に本作の魔法の航海の原型になったのかもしれない。いずれにしても、憧れに導かれたドーン・トレッダー号の方は難破することなく、憧れへ向かって先へ先へと舳先を向けて行く。

〔直線的構造〕

物語の構造に目を向けると、『年代記』の他の作品群とは異なる本作品独自の特徴も見出すことができる。そのひとつは、『ドーン・トレッダー号の航海』の中のそれぞれの挿話同士のつながり方がリニアということである。本作では物語の展開が直線的で単純であり、話それぞれは相互の関連性が希薄で、単に次々と新たな冒険に遭遇するという展開となっている。『年代記』のこれ以外の六作では作品に現れた一つ一つの出来事が物語の中で互いに結びつき大団円に向かって絡み合いながら複雑な意味を紡ぎあげてゆくという有機的な展開が見られる。ところが『ドーン・トレッダー号の航海』だけはそれらとは異質の構造を持っていると言えるのである。このある種単純な構造については、「『カスピアン王子』発表の後でルイスはもっとも素朴でおそらくはもっとも効果的な筋の構造に至った」との考え方も存在する。[二] このようなプロットの直線的構造は何を物語っているのだろうか。今日の文学作品の多くは、たとえばジェームズ・ジョイスの『ユリシーズ』や『フィネガンズ・ウェイク』、あるいはマルセル・プルーストの『失われた時を求めて』などのように、人物、時間軸、場所、あるいは語りの文体それ自体など様々な点において多面的な視点が用いられることがあるが、そうした複眼的構成は近代の産物なのである。一方本作では、冒頭に述べたように中世的志向が最大のモチーフのひとつとして描かれている。すると、あえてリニアに構築された構成は近代的作品への裏返しとしての古典世界への憧憬とも言える志向をここで取り入れたと考えることもできるだろう。

〔平面世界〕

カスピアンらがめざす東の世界の果てはかつて誰も辿り着いたことがないと言われる

が、ナルニアの人々が想像したその様子は『ドーン・トレッダー号の航海』の中でも語られている。

「その通り、その通りです、」リーピチープが前足を叩いた。「それこそ私が想像していたことです。つまり、この世界は大きな円卓のようで、すべての海の水はその端からとめどもなく注ぎ落ちているのです。」

（第十五章）

ねずみの騎士リーピチープが古くからの言い伝えのままに世界の縁からは海水が流れ落ちていると語るとき、そこには前近代的世界像、すなわち十六世紀のコペルニクス地動説以前のプトレマイオス天動説、あるいはそれに則ったダンテの『神曲』の中世世界が表されている。(三) さらには、リーピチープの語る「この（ナルニア）世界は円卓のよう」だという言葉は、彼自身のめざす騎士道精神に照らしてみれば文字通り世界そのものがアーサー王（ナルニアならアスランか）の円卓を想起させるイメージとして捉えられていると考えてよいだろう。こうしてナルニアが平面世界であることが示され、この作品が中世的世界観の上に構築されていることが読者に明確に伝えられる。そしてドーン・トレッダー号はその縁へ向かって航海を続けてゆくのである。

〔魔法〕

騎士道と並んで、魔法も近代科学発展以前の中世文学に多く表れる題材のひとつである。呪術や魔術、錬金術の話は、神話や民話からアーサー王伝説、チョーサー『カンタベリ物語』の中の「バースの女房の話」そのほかに多数見られるテーマである。『年代記』においても人間界から子どもたちが呼び寄せられる不思議な魔法から始まって、魔女がナルニアを滅ぼそうとして用いるものまでその多くは物語展開の鍵となっていると言えよう。『ドーン・トレッダー号の航海』の中に描かれた未知の島々はどこも魔法に支配されている。古くからのナルニア地図に載っている東の海の端であるローン諸島までは人も住んでいて現実世界の様相が保たれていた。そこを過ぎてさらに航海を続けてゆくにつれて徐々に魔法が強まってゆく様子は、船が東の果てへ近づく状態を表すためにルイスが用いた方法と言えるだろう。(四) その先の未知の海原で新たに発見された島々の特徴は次のようなものだった。

(一)竜の島　欲が人を竜に変身させる。
(二)焼け跡島　石の小屋と焚き火の跡しかない。
(三)死水島　湖の水があらゆるものを(人間さえも)金に変えてしまう。
(四)のろま島　魔法使いコリアキンがその魔法で自分の召使たちを姿の見えない声だけの存在にしていた。魔法使いと魔法の書物、そして彼が治めるこの島の見えない住人たちの挿話は、本来の意味でもっとも魔法らしい挿話である。
(五)暗黒島　さらにその先にあるが、恐ろしい夢が現実となって現れる。
(六)ラマンドゥの島　老いた星が人間の姿となって現れ、さらにカスピアンが探していた人たちの幾人かが魔法で眠っていた。

これらの島々を過ぎて物語の最後で子供たちやリーピチープが目にするものは、至るところ魔法の力に満ちあふれた世界の終わりの場所、東の果ての海である。前述のようにここまでの島々は物語の進展に従って直線的に現れ、それぞれの挿話はその島を過ぎると終わってしまって文字通り「島」のように孤立している。それは中世の説話がつながりの希薄な枝葉のごとき幾多の挿話から成り立っていて一見雑然としたなかでひとつの本筋が進行してゆく構成を模し、島を用いて象徴的に再現しようと試みたとも考えられるのである。

〔竜〕

竜もまた中世世界観の象徴となっている。北欧伝説を基にした古英詩『ベオウルフ』(八～九世紀、写本は十世紀頃)や、同じく北欧伝説の英雄ジークフリートが活躍する中世ドイツ詩の『ニーベルンゲンの歌』(十三世紀)、さらには竜退治の話はエドマンド・スペンサーの『フェアリー・クイーン』(妖精女王)にも登場する。中世ヨーロッパにおいては竜の示すものはカトリック教会以前の土着の伝説と言われている。『ドーン・トレッダー号の航海』に描かれた「竜の島」は離れ島諸島の先にあるが、一見したところではごく普通の無人島のように見える。カスピアンらが上陸した後、ほかの仲間と話が合わないユースティスは黙って散歩に出かけたものの、道を間違えてしまい迷い込んだ場所は竜の住処だった。竜伝説の多くで、竜は自分の巣である洞窟の奥に盗んできた財宝を蓄えている。

ここでもその伝統に従って竜は略奪してきた財宝を隠していた。

「ここには税金もないし、」ユースティスは独り言を言った。「…この宝が少しあれば、ここでいい暮らしができそうだ…。」

（第六章）

宝物に目がくらんだユースティスを待ち受けていた運命は、自らの欲を映し出したかのような醜い竜に自分が変身してしまうというものであった。ユースティスは、貪欲というほどではなかったにせよ自己中心的な性格だったため、心の欲に負けたと考えられるだろう。「ヨハネの黙示録」にもあるように、竜とは悪の特質をそなえたものなのである。しかしながら、彼はアスランの力によって泉に浸かって魔法を解かれ人間に戻る。(五) このの ち彼は生まれ変わったかのように利己的な性格も素直になって、船旅の仲間と打ち解けることができた。この時初めて、ユースティスは仲間たちと真に出会えたのである。それは彼が悔恨したからに他ならない。『ドーン・トレッダー号の航海』を教養小説の視点から見れば、竜から人間へと再び戻ったユースティスひとりだけが精神的な成長を遂げる。この点ではほかの登場人物たちはいわば脇役を演じているのである。こうした意味で、中世以来の竜の悪魔的な性格はこの物語の重要な鍵のひとつとしての役割を担っていると言えるだろう。

〔騎士ロマンス〕

ヨーロッパ中世世界を象徴する重要なモチーフといえば王や騎士たちの姿が思い浮かぶ。中世説話文学の代表としては、クレチャン・ド・トロワらの聖杯伝やトマス・マロリーらによるアーサー王や円卓物語を挙げることができるだろう。ルイスは『年代記』以前に、中世文学研究書『アレゴリー・オブ・ラブ』（愛の寓意）（一九三六）を出版している。そこでは中世からルネッサンスにかけて愛という概念がいかに寓意的に表現されたかを論じていて、中世の宮廷風恋愛がフランスの吟遊詩人（トルバドール）たちの詩からクレチャン・ド・トロワの作品へと発展した様子が分析されている。宮廷愛は今日の良識から考えれば道を外れた概念も含んでいるだろうが、中世の騎士たちは当時の規範に従おうとした。とはいえ、『年代記』などファンタジーという視点から見れば、広義にはこれらの物語群は騎士ロマンスの中に分類してよいだろう。

騎士道という点では『ドーン・トレッダー号の航海』における中世的モチーフはねずみのリーピチープの高潔な生き方とその勇敢さに表出されている。リーピチープは、前作『カスピアン王子』でも敵のミラーッに戦いを挑むカスピアンの側近として活躍した。その心底からの騎士道精神は読者もすでによく知るところであり本作でも気高い特質は以前から揺るぐところはない。しかしながら彼の騎士としての勇敢さは、前作以上に本作の冒険の中においてこそ遺憾無く発揮されている。中世の騎士ロマンスの純粋な意味において、彼一人が物語の最後に目的を全うして真の英雄となり得たのである。騎士ロマンスでは平時に冒険を追い求めることも使命のひとつであったろうが、リーピチープは強い意志を持ち、たった一人で世界の果てを目指そうとする。当初、王子カスピアンは、自分のほうが船を降りて小舟でこの世の果てまで行くことを希望したのであった。しかしながら、それは王子が自分の国ナルニアを捨てることを意味する。次期ナルニア王としての責務を全うするよう仲間に説き伏せられ王子は行くことを断念したのであった。こうしてカスピアンはリーピチープにその本当の英雄役を譲らざるを得ず、結局（表面的な英雄として）ナルニアへの帰路につくことになる。

〔騎士リーピチープ〕

リーピチープはここで、中世英文学の頂点のひとりである十四世紀の詩人ジェフリー・チョーサーが『カンタベリ物語』の「総序」(「ジェネラル・プロローグ」)で語る「真実、完璧さと礼節を重んじる騎士」となったのである。『カンタベリ物語』の「総序」においてチョーサーはロンドンの宿屋に居合わせたカンタベリ詣に集まった各階層・職業の旅の一団を騎士から順に描写しながら紹介してゆく。

それでは、まず騎士から紹介を始めよう。

(『カンタベリ物語』「総序」)

リーピチープはこうした正統的歴史観から逸脱することなく物語の中で一貫して中世の騎士そのものであり続けている。『カンタベリ物語』の「総序」では、旅の仲間たちが泊まった宿屋「陣羽織屋(タバルド)」の主人が巡礼の行き帰りに順に物語をしようと提案して物語の枠組みを作り上げることになるが、その作者チョーサーもこの一団に交じって意気投合しカンタベリ詣での仲間に後から加わる。一方『ドーン・トレッダー号の航海』においては、人間界の子どもたちは世界の果て「詣で」の船旅にチョーサーのように後から加わった仲間と考えることができるだろう。ドーン・トレッダー号はまた、船でありながら象徴的にはチョーサーの描いた宿屋〈陣羽織屋〉でもあり、さらにはキャメロットの地の円卓を設置したアーサー王の宮廷をも想起させるだろう。イギリス各地からそこを求めて騎士たちが集まったと言われる伝説さながらに、エドマンド、ルーシーやユースティスが魔法の力によって召喚され、そのイメージはかつてアーサーの宮廷の円卓を目指した中世の騎士たちとへと連なって行くのである。

ところでリーピチープの騎士としての勇敢さに対して、最初弱虫だったユースティスは彼に卑劣な態度で臨んでいた。

「やめろ、」ユースティスが慌てて言った。「あっちへ行け。その剣をしまえ。怪我するじゃないか。やめろ、と言ってるんだ。カスピアンに言ってやる……。」

「なぜ、お前の剣を抜かない、臆病者。」ねずみがキーキー声で言った。

（第二章）

これは騎士道のアンチテーゼとして提示されていると考えられるだろう。ルイスの中世的世界への志向は、時に近代的なもの対して疑問を呈するような態度となって表されることもあった。この物語の中では、それが人間界から参加した三人の子どもたちの一人、近代的なユースティスに映し出されているようである。彼は物語の冒頭で、人間界における現代的で進歩的な教育の実例として登場する。しかしながらその現代的教育とは、ユースティスの性格が物語っているように、ルイスには味気なく偏ったものと映ることもあった。結局、現代的教育の実例ユースティスは、ナルニアの古典的世界での冒険において初めは理屈を並べ立てるばかりであった。そしてその姿は中世における最高の徳としての騎士の理想から対極にあるものと描かれている。ここには今日の古典主義者の態度を垣間見ることができるようである。一方、物語後半では我々は改心したユースティスを目にするがこちらは本作の精神的主題へとつながってゆく。

〔聖杯〕

騎士道と並んで中世世界を表わす表象としては、今日もヨーロッパの都市の多くに聳えて天を衝くカトリックのゴシック聖堂が想起されるだろう。騎士道が地上世界を治める精神性に基づくのに対し、ゴシック聖堂は天上世界の可視的な象徴と言える。聖書的世界観はほかのナルニア作品にも表れるモチーフではあるが、ドーン・トレッダー号は特にゴシックの尖塔同様に中世的世界を力強く現わす象徴の役割を果たしていると言えるだろう。前述の『カンタベリ物語』はカンタベリ寺院への巡礼たちの物語詩であった。『ドーン・トレッダー号の航海』は東の果てに向かう船の旅を中心に展開してゆくが、この聖なる目標をめざす旅は航海そのものがまさに東の果ての国への巡礼の旅なのである。チョーサーの目的地はイギリス最大の聖地にして近代以降はイギリス国教会の総本山カンタベリ大聖堂であったが、この『ドーン・トレッダー号の航海』においては東のアスランの国の入り口という聖地である。リーピチープが語るようにこの世の果ては、アスランを通してもたらされる福音と結びついて、真理そのものとして描かれている。

「…われわれが世界の東の果てに行けないわけがありません。そこには何があるでしょう。きっとアスラン自身の国があるはずです。偉大なるライオンがわれらのもとにやってくるのはいつも東から、海を越えて来るのです。」

（第二章）

中世的視点を持ってすれば、カスピアンらは前述のド・トロワやマロリーにも描かれた「聖杯」（あるいは、未知の聖なるもの）を求めて旅に出たと言うこともできよう。誰も知らない東の海の果ては象徴としての聖杯の隠された場所である。イギリス南西部サマーセット州のグラストンベリーには聖杯伝説が残り、今日でも参拝者が集まる。(六) 筆者もかつて、聖杯伝説に導かれその地の小高い丘（トール）と泉（チャリス・ウェル）を訪れたことがある。聖杯がイギリスのどこに隠されているのかは不明ながら、マロリーなどに描かれたアーサー王の円卓の騎士たちはこれを探し求めて国中に散っていったのであった。本作では、改心前のユースティスを除けばカスピアンら仲間たちは皆、聖なる憧れに強く惹かれて旅を続ける。その様子は、あたかも円卓の騎士たちが聖杯を夢見てひたすら冒険を続けるごとくと言えるだろう。そして大団円でアスランの国へ入るリーピチープこそは気品の点から見ても、聖杯にたどり着くガラハッド卿の再来であり、カスピアンらは高潔とはいえ、聖杯を強く求めながらそこへは辿りつくことのないままに遠く聖杯を崇拝する、いわばランスロット卿のような円卓の騎士たちの役回りなのである。

〔聖書のイメージを超えて〕

本作には、聖杯のみならず聖書の挿話のイメージが散りばめられている。貪欲から竜となったユースティスはアスランに導かれて果実のなる庭と泉のある丘の頂に到達する。

そしてとうとう僕たちはこれまで見たこともない山の頂上にやってきた。頂上には庭があってね、木々や果物やいろいろなものがあるんだ。庭の真ん中には泉があった。

（第七章）

この庭のイメージは明らかにエデンの園である。(七) のろま島で、ルーシーが見えない住人から請われて魔法の呪文を探す場面では、彼女は自分の立場を利用して好奇心から友人の心を覗ける呪文を唱えてしまう。ここには禁じられた知恵を求めようとしたイヴの姿が重なってくるだろう。(八) 一方、ルーシーがこの魔法の書物を読み進めてゆくと素晴らしい挿話に出会うが、その詳しい内容はどんどん忘れられてもうほとんど思い出せない。もう一度読み直そうと思っても、魔法の本は途中で前に戻って読み返すことができなかった。

あれは杯と剣と木と庭の丘で、それくらいは覚えているけど。
（第十章）

ルーシーの頭に残ったこのイメージはグラストンベリーの聖杯にまつわる伝説とも重なるようにさえ思われる。その後に現れた魔法使いコリアキンは、ルーシーと一緒に食事をする際にワインとパンしか口にしない。これは、彼がキリスト教の聖職者と重ねられていると同時にアスランの使徒であることを示唆していると捉える考えもある。(九) 最終章の世界の果て国への入り口ではアスランは子羊となって現れて食事を提供してくれる。この部分は「ヨハネによる福音書」二十一章の内容がほぼそのまま再現されている。この場でアスランが「人間界では他の名前を持っている」と語るのは、読者が想像する通りアスランとキリストとがパラレリズムとして読まれることを想定して描かれているためとも考えられるだろう。(十)

一方、聖書のイメージが作品の至る所に散りばめられてはいるとはいえ、ルイス自身は自ら手紙の中でこう語っている。

私は「真実の（つまりイエス・キリストの）話を象徴によって書こう」と考えたのではありません。むしろ、「もしナルニアのような国があったら、その国を救う必要があったら、そして神（海の向こうの大帝）の子が、イエスが私たちの贖いのために地上に来たように、ナルニアを贖うために訪れたとしたら、その世界では何が起こるのだろう」と考えたのです。

（『子どもたちへの手紙』）

アスランや彼にまつわる事象が聖書の記述そのものを語っているのではないというルイス自身の言葉は真実として受け取るべきだろう。そしてこうした題材の扱い方は、『年代記』全体を通しても事実であると思われる。彼の言葉を素直に解釈すれば、『ナルニア国年代記』の挿話は聖書と深い係りがあるが、その教えを分かりやすく伝えるために書かれたものというよりは、むしろその逆というべきなのである。すなわち、ナルニアというおとぎの国がまず彼の頭の中に揺るぎない存在として生まれた。実際、この地球上のほとんどの民族がその世界を生み出した彼ら自身の神を持っているという事実を思い出せば、おとぎの国といえども天上に絶対としての創造主がいて、さらにその世界を救うべき存在がいるとの類推は不思議なことではない。この人間界でキリストと呼ばれているような預言された救世主が現れたとすると、ナルニアにも救世主は現れるのではないか。こうした考えはルイスにとっては当然であり、結果として彼自身の拠り所としての聖書のモチーフと重なり合ったイメージが表象として現れたと考えられるだろう。

中世への志向はルイスが生涯の探求した主題のひとつであった。この作品ではこうした古典的世界観を通して、『年代記』全体の大きなモチーフといえる〈憧れ〉が東の果ての国を目指す航海の中に示されているのである。

＊＊＊＊＊＊＊＊＊

本作『ドーン・トレッダー号の航海』は、海の冒険が進んで行くという構成だけを考えれば、表面的には中世的テーマは表面的には多くは感じられないかもしれない。しかしながらこうして作品を読んでゆくと、作品全体が中世世界の規範の下にあり『年代記』の中でも特に中世的要素が強く表現された物語と考えられることが分かるだろう。

四　『銀の椅子』――洞窟にて

四 『銀の椅子』——洞窟にて

〔学校の物語ではない〕

『銀の椅子』［*The Silver Chair*］（一九五三）の冒頭で、ルイスは「これは学校の物語ではない」と書いている。とはいえ、読者はそう言われる前から『ナルニア国年代記』の物語のどれをとっても「学校の物語」でないことはすでに知っている。それにもかかわらず、作品をつねに緻密に組み上げてきた著者がこう述べるには何らかの理由があるに違いないのである。実際のところ本作は学校の場面で幕を開け、物語においてふたりの子どもたちがナルニアでの冒険を終えたあと、また学校へ戻ってくるという構成になっている。学校が額縁、あるいは枠組みの役割を果たしているのは事実であるが、それは中心的モチーフではない。

広義において、本作品は〈知ること〉が主題となっていると考えられる。すなわち、学んで認識することやその結果としての内面的成長など、広義の教育と関係のあるテーマと言えそうである。いずれにせよ、ルイスの冒頭の言葉の意図は読者に対して主題について喚起させるための仕掛けのひとつと思われる。たとえば今日、日本や世界中の学校ではさまざまな事柄について試験のために覚えることがあるだろうが、ここで言う〈知る／認識すること〉はそういった知識の詰込みとは違うものである。

ところで『年代記』の中でも、『銀の椅子』では物語を推し進めて行くモチーフが〈憧れ〉以外の部分にあるように感じられる。ほかの作品においては、子どもたちは最初それが何かはっきりとは分からなくても、ナルニアから感じられる〈喜び〉を目指して進んでゆく。本作を先へと展開してゆく力は子どもたちがアスランから与えられた王子を探すという使命であり、それを遂行するための四つのしるし（サイン）を正しく認識することである。「学校の物語」とのルイスの言葉に照らしてみれば、学校ではないにせよ、それはあたかも宿題に四苦八苦する子どもたちの物語のようですらある。学校の一般的な授業とは異なり、子どもたちは自らを律しつつ問題を解決しながら進んで行くのである。

〈〈カスピアン三部作〉としての『銀の椅子』〉

『銀の椅子』は、前章までに述べたように、『年代記』全七巻の中で〈カスピアン三部作〉

（『カスピアン王子』、『ドーン・トレッダー号の航海』、『銀の椅子』）と呼ばれるナルニア王カスピアンにまつわる作品群の第三作目である。物語の舞台についてはこの『銀の椅子』も前作『ドーン・トレッダー号の航海』もナルニアという別世界の物語だが、作品構造という点では『銀の椅子』は前作とは対照的に描かれている。

『ドーン・トレッダー号の航海』

ユースティスとジルは、カスピアン王子とともに「アスランの国」を求めてナルニアから〈東〉へ向けて航海する。東の果てのムードは、船の名前「ドーン・トレッダー」に象徴される通り、〈夜明け〉の〈明るさ／明晰さ〉にあふれ、その照りつける太陽の〈暑さ〉も印象的である。

もうひとつ（の違い）は光で、明るすぎるくらいだった。毎朝のぼる太陽は倍ほどの大きさがあった。…「水が澄んできれいなこと！」ルーシーは独り言を言った。

（『ドーン・トレッダー号の航海』第十五章）

『銀の椅子』

子どもたちは「アスランの国」に入り、そこからまず〈西〉のナルニアへと送られる。冒険は〈日没〉と〈暗さ／曖昧さ〉に支配され、次にナルニアから北へ向かうと荒地の吹雪の〈寒さ〉は厳しいものであった。

「どうしたら私はナルニアへ行けますか。」

「私の息に乗って行くのだ。」とライオンは言った。「ユースティスにもそうしたように、私があなたを世界の西へと吹いて送ろう。」

（第二章）

『ドーン・トレッダー号の航海』も『銀の椅子』も同じナルニア世界でありながら、目指す方向は〈東／西〉とまったく逆向きの広がりを見せてそれぞれの作品は互いに補完し合っている。また両作品とも冒険の舞台となっているのはナルニアの国の外周である。このように二作品は内容・構造において明確に対をなすように書かれている。ルイスは当初、『ドーン・トレッダー号の航海』での完結を考えていたと前章で述べたが、構想が具体化するうちにこの三部作を意識したと考えられるだろう。三部作全体を眺めてみると、

『カスピアン王子』が三部作の導入作品だとすれば、続く『ドーン・トレッダー号の航海』と『銀の椅子』は、それを受けて一対となってカスピアン関連の逸話を展開し、ルイスの綿密な作品構造計算通りに三つの立脚点による確固たるバランスを保った物語群を築いていると言えるだろう。

〔『銀の椅子』と『馬と少年』〕

制作年代の点から言えば、実際はこの『銀の椅子』の直前に、次の第五巻『馬と少年』が完成していた。しかしながら〈カスピアン三部作〉の構成を優先して『銀の椅子』を先に出版し、三部作完結の翌年に『馬と少年』が発表されたのだった。(二) この事実は、『銀の椅子』と『馬と少年』がある時点では平行して執筆されていたことを物語っていて、本作の中でも『馬と少年』について言及されている。歴史的な流れからすれば『馬と少年』の内容は本作より千年ほども前の時代のことと設定されている。

…盲目の詩人が前に来て、コール王子とアラビスと馬のブリーについての大昔の物語を語り始めた。それは『馬と少年』という題で、ピーターがケア・パラヴェルの偉大な王だったころにナルニア国とカラーメン国そしてその間の土地で起こった話だった。(聞く価値のあるものとはいいえ、今は語る時間がない。)

(第三章)

このように『馬と少年』もまた『銀の椅子』と関係が深いと言える。両者の構成を比べてみよう。

『銀の椅子』

ナルニア国の外の〈北方〉地域での冒険。物語は、〈知性〉を用いて事柄を理解しながら展開して行く。主人公ユースティスとジルはふたりとも最初は自己中心的だったが、冒険によって精神的に成長する。

『馬と少年』

ナルニア国の外の〈南方〉の国が舞台。そこは理性より〈感情〉が支配的な価値基準となっている。主人公シャスタは貧しくて学校へ通えず教養がなかったが、冒険を通して王子にふさわしく内的成長を遂げる。

ここでも、〈北／南〉、〈知性／感情〉という対比が示されていることが分かる。

両作とも『年代記』のほかの作品と比べても、教養小説的な要素が強いと言えるだろう。次作の『馬と少年』にはカスピアンが登場しないため〈カスピアン三部作〉には含まれず、ナルニアの年代から見てもピーターら最初期の四人の人間の王たちが活躍した大昔の時代のことである。次章で述べるように作品の印象もほかの六巻とはやや異なり、いわば『年代記』における変奏曲とも言うべきものである。しかしながら、『年代記』全巻を見渡してみると、幕開けとしての『ライオンと魔女と衣装箪笥』があり、さらに、始まりと終わりという〈枠組み〉としての『魔術師のおい』と『最後の戦い』があって、これらの三作品は全七巻の中で特別な意味を持っている。そのことを考えれば、「カスピアン三部作」と『馬と少年』の四作は、どれもが『年代記』の中核を担っている存在で、構成の点から見てもそれぞれに関わり合い、互いに結びつきながら全体の中で展開部分を構築していると言えるだろう。

〔円環性〕

『銀の椅子』のストーリー展開に眼を向けてみると、作品の構造に〈円環〉のモチーフが見られる。物語は人間界の〈学校〉から始まって、子どもたちはまずアスランの国へ入る。次いでナルニアに到着したときには、老カスピアンが行方不明の王子の手がかりを求めて〈出港〉するところだった。その後子どもたちは〈北〉へ向かい、そこでリリアン王子が幽閉されている地下へ降りて行く。この地下世界は物理的に地下の中心近くというのみならず、物語の進展から見ても中心点、すなわち折り返し点となっている。王子救出後は、当然ながら円を描くように来たときとはちょうど逆方向への〈南〉への回帰となる。ナルニアに再度戻ったとき、今度は老カスピアンが王子救出の知らせを聞いて〈帰港〉するところだった。子どもたちはその後再びアスランの国へ至り、最後には人間界の〈学校〉へと戻ってゆく。これらの円環性についてルイスは作品の構造を計算しつつ描いていると考えられるのである。

〔自己の探求〕

『銀の椅子』の主題は、正当な王／王子の復活のための〈探求〉と言えるだろう。王権の正当性という点について見れば三部作の最初の作品『カスピアン王子』も同様のテーマを持っている。ナルニアの物語はいずれも探求の旅と読めるし、どの作品においても子どもたちは冒険を通して精神的成長を遂げる。こうした探求という共通の主題の中で本作が『年代記』の中で、そして三部作の中でも特に際立っている点は、〈知ること／認識〉と相まってその焦点が特に〈自己の探求／自己認識〉と密接に関連しているということであろう。

『銀の椅子』では、他の六作とは違って子どもたちは自ら希望してナルニアに入ることができた。もちろん、アスランがそうなるように仕向けたということであるにせよ、重要なことは、子どもたちはまず自ら明確な意思をもってそう願った点にある。ジルは初めて会ったアスランにこう語っている。

「…ここに来たいと願ったのは私たちなのです。」（第二章）

さらにナルニアに着いてからは三部作の他の作品とは異なって子どもたちの冒険の目的

が明確である。『カスピアン王子』では、四人の子どもたちは何をどうすべきか分からないまま小人のトランプキンの言葉に駆られてカスピアンの救援に急ぐ。また『ドーン・トレッダー号の航海』では子どもたちはその思いにかかわらず不思議な力によってカスピアンの船に拾われ、行き先もよく理解しないままにその航海に同行することになる。一方、この『銀の椅子』では、子どもたちはまだ人間界にいるときから意思を持ってナルニアを目指した。そして別世界に到着したとたんにアスランから自分たちの旅の目的を知らされ、その明確な目標に向かって進んでゆく。物語の中心となる冒険で目的のはっきりした状況は『年代記』を通して見ても本作だけに見られる。自ら意識を持って目標へと進むことは、この作品において自分とは何者かを認識しようと努めることに結びつき、やがて地下世界で展開されるプラトンの知についての論理との対峙へと連なってゆくのである。

〔しるし〕

『銀の椅子』の旅の探求において重要とされるのが、自制心である。(一二) 初めにアスランに忠告されたにもかかわらず、子どもたちは使命を果たすために自らを律して臨まなければならないようないくつかの場面で自制心を忘れ、目的に迅速・的確に到達するいくつかの機会を失うこととなる。

ジルは第一章で、臆病に思われたくないという虚栄心のために崖から落ちそうになって平常心を失う。さらに、自分を助けてくれようと手を伸ばしたユースティスの手を振り払ってしまい、逆に彼のほうを谷底に落としてしまった。墜落してゆくユースティスをすぐさま救って一足先にナルニアまで吹き送ったのはアスランであった。自制心を失って最初に過ちを犯したのがユースティスではなくて、ジルだったのは、読者の想像通りルイスがこの場面に『旧約聖書』の「創世記」を重ね合わせているためと考える人もいる。（三）そうした考え方においては、この過ちはジルとイヴとのアナロジーから原罪を象徴しているとする。（四）その結果ジルは贖いのためにアスランから使命を受ける。


「…だがあなたの仕事は、あなたがしたことのためにいっそう困難なものとなるだろう。」

「それはどんな仕事なのでしょうか。」ジルが尋ねた。

「それをさせるべく、私があなたとユースティスとをあなたたちの世界からここへと呼び出した仕事だ。」


（第二章）

目的を遂行するのに必要とされる四つのしるしの情報も与えられ、それらを忘れてしまわないように毎日繰り返し唱えるように言われる。与えられた課題を日々実行することはその都度あらたに自己を認識し直すことに通じ、それを続けるためには自制心を伴うことが示されている。また、ここに宗教的な意味合いを見出す人もいるだろう。(五)

四つのしるしの最初のものは、「ユースティスがナルニアに降り立ったらまもなく親しい旧友に会うだろうから、すぐに挨拶しなければならない」というものであった。これはカスピアンを指していたが、子どもたちはナルニアに着いたときこの最初のしるしを見逃してしまう。ジルが素早くユースティスにそれを伝えなかったことについて、ふたりは自分自身の過失を棚に上げて相手の落ち度だと言い張ったことからも分かるように、初めのころはふたりとも自己中心だったことは明らかである。

「もしあなたが、私が伝えようとしたときに聞いてさえいてくれたら、うまく行ったのに」とジルが言った。

「そうだとも、そしてもし君があの崖のへりでふざけていないで、もう少しで僕を殺しそうにならなかったら…。」

（第三章）

二つ目のしるし、「ナルニアを出て、大昔の巨人たちの廃墟の町に着くまで北方へと旅しなければならない」というものも、また三つ目のしるし、「その廃墟の町で石の上の文字を見つけるから、そこに書かれたことを行わなければならない」ということが現れたときも、子どもたちの心は揺らいでやり過ごしてしまったのである。

〔巨人の館〕

彼らは荒れ野を越えてきた長い旅の後にとうとう不思議な丘にたどり着いたものの不運にも猛吹雪に見舞われた。実はその丘の地面にはしるしである溝が掘ってあったのだが、雪がそれを隠してしまっていたからである。

「あのしるしのことはまだ覚えていますか、ポール。今従うべきしるしは何でしょうか。」

「もう、どうでもいいでしょう。しるしなんか、」ポールが言った。

旅の仲間として同行したナルニアの沼地に住むパドルグラムはジルに四つのしるしのことを尋ねるが、あまりの寒さにジルは唱える気力さえ失せていた。また、パドルグラムは自分たちの目的を遂行するためはこの場所を調べるべきだと主張するが、凍える子どもたちは一刻も早く暖かいハルファンの城に辿りつくことにのみにとらわれまったく耳を貸そうとしない。結局、過酷な条件の下だったとはいえ、子どもたちは自制心を失い使命を忘れてハルファンの屋敷に入ってしまう。後になってから、吹雪の中で確かめようともしなかったあの丘が巨人の都の跡で、溝が巨人の大きな文字だったことを認識するが、すでに遅かった。四つのうちの三つには気づかなかったのである。

屋敷は巨人一族のものだった。エドマンド・スペンサーの『フェアリー・クイーン』（妖精の女王）に書かれた巨人の城が思い出されるだろう。さらに、ジョナサン・スウィフトの『ガリヴァー旅行記』の巨人の国ブロブディンナグも想起されるが、実際ルイスはどちらの本もよく読んでいたと言われている。子どもたちはあやうく巨人の料理の食材にされそうになるが、巨人の食欲という点から言えば中世ヨーロッパの巨人伝説、あるいはそこから着想を得た十五世紀末〜十六世紀フランスのフランソワ・ラブレーの『ガルガンチュア物語』とその子どもの話『パンタグリュエル物語』も浮かんでくる。もちろん『銀の椅子』の巨人は見たところラブレーのものほど荒々しくはないとはいえ、子どもたちはいずれ食べられてしまうことに気づいて、命からがらこの館から逃げ出すことができた。これらすべてのことは初めに注意を受けているにもかかわらず自らを律することができなかったことが原因であった。

〔リリアン王子〕

アスランが語った残された第四のしるしはこのようなものであった。

「…（もし王子を見つけたら）それが行方不明の王子と分かるだろう。なぜならその人は、旅で出会った中で私、アスランの名にかけて、あなたに何か求めてくる最初の人だろうから。

（第二章）

これは『銀の椅子』の〈自己の探求〉と密接に結びつきもっとも重大な事柄である。行方不明のリリアン王子を見つけ出してナルニアの王位につかせることが、ユースティスとジルが与えられた使命であったが、王子を探す旅とは結局は、自分自身を発見する旅に重ね合わされることとなる。

リリアン王子は魔女の地下世界で魔法にかけられ自分の真の姿に気づかずにいた。子どもたちも王子を探す長い旅でついに王子と向き合いながらも、当初それが王子であるとは分からず真実を悟らないままでいる。その王子は夜ごと狂気の発作に襲われるとして魔女によって夜中はいつも銀の椅子に縛り付けられる。ところが王子は、狂気のうわ言のなかでアスランの名にかけて子どもたちに救いを求めるのである。このときのリリアンの語りにおける夢うつつのセリフに見られる両義性については、あたかもハムレットがこの地下世界という舞台に登場したかのようでさえある。この場面で子どもたちは、正しく認識できるのか、そして真実を見抜けるのか問われている。まさに第四のしるしが現れたのである。

〔アスランの名にかけて〕

アスランは冒険の最初に、ジルに対して「見かけに気を取られないように」と注意を喚起していた。注意された通り、最後のしるしはそれまで見過ごした他のしるし以上に惑わすような状況の中で子どもたちの目の前に現れたのだった。もしも王子のうわごとが魔法による偽りの言葉なら、縄を解いたとたんに子どもたちは狂気の状態の王子に殺されてしまうかもしれない。一方、もしも王子のうわごとが真実を語っているとしたら、子どもたちは自分たちの目的である王子を救うための最後のしるし、最後の機会を逸してしまうことになるだろう。ここでは、見かけに惑わされることなく平常心を保ちつつ、自分は何を求めて何をなすべきかが問われている。換言すれば、自分が進むべき道を自ら選び取らなければならないということである。

ユースティスとジルが最終的に選んだ道は、うわごととはいえアスランの名にかけて彼らに救いを求めるものこそ王子であるという、アスランの教えに従うことであった。このとき、子どもたちには結果は分からなかった。たとえそれがうわごとにすぎず狂気によって殺されようとも、ここではただ教えに従うことが自分たちのなすべきことであるとの認識に至ったのである。最後のしるしについても、主の言葉に従えとの暗示と考える読者もいるだろう。縛りつけられていた椅子から救出されると、王子はすぐさま銀の椅子を叩き壊しついに魔法から完全に開放された。こうして王子は忘れていた自身の真の姿を再び認識するに至り、ついに自己を発見したのであった。子どもたちにとっても、王子の言葉の中に真実を認識しえたことが彼ら自身を認識したことにつながっていくことになった。これまで迷いとか葛藤や、自信の持てない不安のなかにあったものがついに自ら向かうべき方向を自ら悟って行動したからである。

〔洞窟の囚人〕

『銀の椅子』の主題は〈知ること〉と関わっていると述べたが、物語は登場人物たちの〈知性〉を通して問題解決に必要な事実が認識されながら進んでゆく。ルイスはここで、プラトンの『国家』を物語展開の重要な鍵として用いている。[六] プラトンは『国家』の中のよく知られた「洞窟の比喩」で、洞窟に閉じ込められ教育を受けることのできない者の無知について語っている。その幽閉者にとっては洞窟の世界だけが真実と認識されるのであり、外界の本当の太陽は知らないままでいる。ルイスはこのたとえを、子どもたちが王子を求めて探索する地下世界に置き換えて挿話を再構築しているのである。『銀の椅子』ではこの「洞窟の比喩」が地下の国の魔女による詭弁としてそのまま展開されて行く。このたとえ話は、『銀の椅子』では魔女に捕らわれたリリアン王子にそのまま投影される。王子は幽閉されている地下世界で軟禁状態にあるが、魔女の魔法によって自分が何者かさえ思い出せない。自己とその状況を認識できない王子の姿はプラトンの言う教育を受けないものを表している。ここで、作品冒頭の「学校の物語ではない」というルイスの言葉が響いてくるだろう。

魔女の魔法は毎晩真夜中には効き目がなくなるので、王子は真夜中に狂気の発作に襲われると告げられて夜ごと銀の椅子に縛りつけられた。もちろんその時間帯に正気に戻って地下から逃げ出すことができないようにするためである。この挿話は、『国家』で語られている囚人とパラレルな状況にあることとの象徴として機能している。プラトンでは、洞窟の囚人は壁に映し出された影の像を見てそれだけを実物と信じ、外の世界の原物である善のイデアを認識できない。のちに現れた魔女は、プラトンを引用した詭弁をもちいて彼女の地下世界（洞窟）のほかはすべて想像上の世界なのだといかにも雄弁に語る。すると、リリアン王子に加え、救出に来たユースティス、ジル、そして案内役のナルニア人パドルグラムの三人もまた魔女の詭弁と魔法に引き込まれて行く。半ば魔法にとらわれ、かつて知っていた地上の草木や太陽や月はもしかしたら夢だったのかと魔女に屈しそうになる。それはまさに、アスランが冒険の前にジルに「よどんだ空気に心が乱されないよう気をつけなさい。…見かけに気を取られないように」との警告のとおりであった。三人は徐々に思考力の鈍った朦朧とした状態へと落ちて行く。

〔魔法を破る〕

ユースティスらは、魔女の詭弁と魔法の芳香とによって地上世界の原物、すなわち太陽をはじめとした実際に存在するものが初めから単なる想像上のものでしかなかったようにさえ感じ始め、いよいよプラトンの語るような洞窟の囚人になりかかっていた。この状況を打開したのはパドルグラムであった。彼は最後の力を搾り出して暖炉の魔法の火を裸足のまま踏み消した。

というのも、すべての火が消えはしなかったもののおおかたは消え、あとに残ったのはパドルグラムの火傷のにおいがほとんどで、魅了するような香りと言えるものではなかった。これですぐさまみんなの頭が前よりはっきりしたのだった。

（第十二章）

そのひどいやけどの痛みによって自らを正気に戻し、仲間たちを明晰な状態に引き戻すことに成功する。その結果子どもたちも知性を働かせて詭弁を論破し、隠された真理を見抜くことができたのである。

このときにパドルグラムが魔女に向かって言い放った言葉は、ルイスが考える自己のあり方を示していると考えられるだろう。

「…もしも私たちがただ夢を見ているだけだとしても、あるいは、すべてのもの――木々や草や太陽や月や星、そしてアスラン自身でさえも、私たちが作り上げたものだとしても、…それでもただ私に言えることは、そうだとしても、その作り上げたものは（地下世界の）現物よりもはるかに大切に思えるということです。」

（第十二章）

魔女の言葉が真実でもしこの地下世界のみが現実だとしても、パドルグラム自身は自分の考えた世界（実際には地上の世界）のほうを好むという。この言葉に子どもたちや王子は勇気を取り戻した。見せ掛けの偽りに惑わされることなく、子どもたちも王子も自己を探求し真実を認識するという目的へと至ったのである。

〔心の内なる旅〕

『銀の椅子』は物語としては子どもたちの北方への過酷な冒険であったが、作品の鍵となる与えられた使命と四つのしるし、そして自己探求や自制心を考えてみると、結局、自分の心の内側への旅であったとも考えられるだろう。それは登場人物の精神的成長を描き、また本当の自分自身を発見する物語である。使命や自制心とはいうまでもなく伝統的に教養小説の基本的題材と捉えられるだろう。物語に現れた四つのしるしはどうだろうか。子どもたちはしるしを見落とし、あるいはそれが現れても惑わされることもあった。自ら〈認識〉して真理に辿り着かなければならないのである。しるしが示すものは〈教えに従うこと〉という聖書的規範と解釈をする人もいるだろう。(七)もしこれを従うべき規範と解釈するなら一般的にはさまざまな教育現場における規律、たとえば校則や集団生活のルールなどという基本的態度の象徴と考えることもできる。(八)物語の中で子どもたちふたりが通っている学校は現代的な考えを導入した実験校であった。一方ルイスは、物語の中でそうした現代性に疑問を投げかけているようにも思われる。

こうした（新しい教育を行う学校の）人たちは、男の子も女の子も好きなようにさせるべきという考えです。ところが残念なことに、十人や十五人ほどの最上級生の男の子や女の子が一番好きなのは他の子をいじめることでした。

（第一章）

学校において子どもたちの自由を認めるという現代的な教育論については近年徐々に広まってきているだろう。しかしながらこの引用のように、ルイス自身はその結果は好ましくないと考えていたようである。(九) 彼自身は、使命、四つのしるしや自制心に象徴されるような、規律正しくしつけの厳しい伝統的な学校教育のほうへ振り返ろうとしていたとも感じられる。ルイスは古典主義者で、教育の面でも古典的な良さを残してゆくべきと考えているように思われる。『銀の椅子』を学校や教育の面から見れば、アスランは自制心を求める厳しさを体現した教え諭すものの象徴として描かれているとも読むこともできるだろう。(十)

****

『銀の椅子』は、『年代記』の他の作品のように〈憧れ〉を求める作品とは趣向を異にする。子どもたちは自制心を失いかけながら北へ向かう王子探索の過酷な旅を続ける。冒険の中で、真実を知り自己探求を成し遂げるのはふたりの子どもたちだけではない。リリアン王子もまた、彼らの助けをかりて真実の自己を発見したのである。

五　『馬と少年』——約束の地へ

五　『馬と少年』――約束の地へ

〔特殊性〕

『馬と少年』［*The Horse and His Boy*］（一九五四）は『年代記』の第五作目として発表された物語である。本作はふたりの子どもたちと二頭の話す馬を中心に物語が展開してゆくが、登場人物は皆ナルニアやその周辺の出身で人間界からは誰も加わらない。つまり他の六作とは異なりナルニアの内側だけの物語で、ナルニアと現実世界とのつながりがない作品は『年代記』で唯一である。別世界のみで完結しているという点では、たとえば同世代の作家・研究仲間であったJ．R．R．トールキンの『ロード・オブ・ザ・リングズ』などとの共通性を感じさせるだろう。さらに、『年代記』の他の作品はナルニアの内から冒険が始まるのに対して、『馬と少年』ではナルニアの外からナルニアを目指している。その結果、物語の大部分はナルニアそのものとは関係が薄い。また他の六作が幻想的要素を多く含んでいることと比べてみても、この作品は写実的で伝統的冒険小説という印象が強い。

他方、本作は異質であると同時に、他の六作と密接に係わっている点もある。『年代記』の中で『馬と少年』が持つこうした特殊性は、文学上の効果を狙って意図されたものであったと考えられる。

〔約束の地を求めて〕

『馬と少年』は、ストーリー展開やエキゾティシズムなどの観点から見れば冒険小説の系譜に属するだろう。さらに主人公たちの精神的成長の点から見れば教養小説の伝統の上にあるものと言えるだろう。作品を貫く主題は「自己のアイデンティティの追及」と考えられる。こうした全体像だけをみれば、前章で述べた『銀の椅子』と似た構成を持つようにも感じられる。とはいえ、両作品の感触はまったく別のものである。二作品の比較は前章でもすでに触れたので、ここでは『馬と少年』独自の特質について考えてみよう。

少年シャスタ、少女アラビス、ナルニア国出身の二頭の馬ブリーとフインは現在置かれている自分の厳しい状況から逃れるべく、理想の地ナルニアを目指して旅に出る。シャスタは南方のカラーメン国の貧しい漁師の子として育てられた。「カラーメン」という名前は中東の人々を想起させるだろう。シャスタは自分が幼いころ拾われてきたこと、そしてまもなく奴隷として貴族に売られてゆくことを知る。その貴族の乗っていた馬ブリーがナルニア生まれで言葉を話せることも分かる。この馬も同様に幼いころに連れ去られてきて以来、普通の話せない馬のふりを続けて故郷に帰る機会を窺っていたのであった。シャスタは以前から理由も分からないまま遥か北方に憧れを抱いていたのだが、それは彼自身の北方の血筋によるものであるとブリーから聞かされる。

「それはあなた（シャスタ）に流れる血のせいです。あなたが本当の北方の家系なのは確かだと思います。」

（第一章）

彼は自由と自らのルーツを求めて、すぐにブリーとともに北のナルニアに向けて旅立つ決心をしたのだった。この場面でのシャスタの北方への憧憬は、『年代記』を貫くキーワードとしての〈憧れ〉の一形態であり、本作においてもこの憧れから物語のすべてが始まるのである。

少女アラビスはシャスタとは異なりカラーメン国の貴族の娘だった。「アラビス」というその名は、アラビアの少女というイメージそのものと言えるだろう。彼女は母親を亡くして継母にいじめられ政略結婚させられることになっていた。運命を呪って自ら命を絶とうとしたとき、彼女の飼っていた雌馬フインは急に言葉を喋りだしてアラビスの自害を思い留まらせたのだった。フインもやはりナルニアから連れて来られた馬で、フインからナルニアの話を聞いたアラビスはその地こそ自分が生きるべき第二の故郷だと直感し、新たな人生を求めてすぐさまフインとともに旅立つのである。

「ああ、姫君、」雌馬が答えた。「もしあなたがナルニアへ行ったなら、幸せに感じるでしょう。というのも、あの国では無理やり結婚させられる少女はいませんから。」

（第三章）

シャスタ、アラビスはそれぞれに違った動機を持ち、それぞれに北方のナルニアを目指した。二頭の話す馬たちも含め、こうしてそれぞれのアイデンティティの追求が始まったのである。彼らは自分たちの内なる〈約束の地〉を求めて旅立った。これは十七世紀のジョン・バニヤンの『天路歴程』（一六八四）を思い起こさせるかもしれない。バニヤンの書物は敬虔な主人公が幾多の困難を乗り越えて理想の土地へ辿り着くという説教文学である。

〔シャスタ〕

シャスタとアラビスらの旅は始まってまもなく交わることになる。二組は道を進む途中で偶然に出会って道連れとなるが、この出会いはアスランによって意図されたことが後に判明する。とはいえ、こうして出会い、同じ目的を持つことが分かって道連れとなってからもなお、お互いに素直に相手を受け入れることが難しい時間が続く。シャスタは貧しい漁師の家に育ったため教育を受けたこともなく、アラビスの気取った物腰が鼻につくのだった。他方、アラビスの方は貴族の出だったため、教養のないシャスタをさげすんだような目で見ていた。心の溝はナルニア手前のアーケン国に到着するまで尾を引くが、こうした反発はふたりの精神面での成長とともに変容してゆく。シャスタは旅を通して馬の乗り方を覚え、言葉使いや作法の要点を学んで行く。教養小説として読むなら、無教育の野蛮さが教養や礼儀を徐々に獲得してゆく過程において人格的にも成長を遂げてゆくのである。やがてアラビスは表面的な作法の有無のみで人を判断していた自分の浅はかさに気づく。そのきっかけはアーケン国にまもなく辿り着くというところで突如ライオンが現れてアラビスとフインが襲われそうになったときだった。シャスタは逃げるブリーから飛び降り、たったひとりでライオンに立ち向かって彼女たちを救おうとした。この勇敢な行為もまた、シャスタの精神的成長の一到達点を象徴していると考えられるだろう。

シャスタは恐怖で頭がおかしくなりそうだったが、よろけながらもなんとか獣へ向かって行った。武器もなく、棒切れも石さえ持っていなかった。

（第十章）

のちにシャスタはナルニアの隣国であるアーケン国の双子の王子のうち行方不明のひとりのコル王子であることが判明し、彼の内面的成長は外側の地位においてもまたふさわしいものになる。シャスタにもそしてアラビスにも母親がいなかったが、これは彼らにとって、カラーメン国での心の拠り所の欠如を象徴的に表しているだろう。シャスタは母のいない喪失感を抱きながら育ち、その虚しさから逃れようとした。旅の途中では似ていた王子と間違われるが、実は彼自身もまた本物の王子であって、最後にはアーケン国王となってアラビスと結ばれてハッピー・エンディングに終わる。展開はまさにこうした物語の基本形のひとつとしての〈シンデレラ・プロット〉を受け継いでいるのである。シャスタは自らのアイデンティティの存在の場所へと辿り着いたのだが、彼は単に自己を発見しただけでなく物語を通して自分自身で王子にふさわしく成長を遂げた。シャスタの運命には例えばアーサー王の姿が重なってくる。幼年時代のアーサーは王子である身分を伏せて預けられ、自分自身の血統も知らないまま騎士見習いとして修業していた。魔法使いマーリンの計画でクリスマスの教会に出現した鉄床に刺さった剣を軽々と引き抜いて自らが王の血筋であることをイングランド中に示した。神話の多くに見られるように、王家の血筋を受け継ぐ者も、幼くして父親たる王から引き離された後に与えられた難題を克服して自ら帝王学を学び自らの血統や力など王位継承の正当性を示して承認さなければならない、という王権獲得の伝統にも重なり合う。

〔アラビス〕

シャスタはいわば〈自分探し〉の旅に出たのであったが、他方、もともと貴族であったアラビスは、シャスタとは逆に〈自分を捨てる〉旅に出たとも言えるだろう。とはいえ、彼女が置いてきた自分とは彼女にとって偽りの姿であり、まだ出会っていない本当の自分を見つけ出すためには捨てなければならないものだったのである。したがってアラビスにとっても、その旅は結局、自分が本当に望む世界、真実の自己を探す旅だったことになる。最後にはアラビスはシャスタ（＝コル王子）と結ばれるが、その点において彼女にとっては本物の自分のみならずシャスタという自分の理解者を探す見出す旅でもあった。ふたりが出会って一緒に旅するあいだ中、彼女は身分の低い（と思われた）シャスタを見下していた。けれども、自尊心と偏見を捨てて物事の真理を見抜くまでに精神的成長を遂げたとき、アラビスは自分自身を発見しさらにシャスタと真に出会うことができたのである。

「…私はあなたたちと会ってからずっと、彼（シャスタ）を無視して見下していたけど、今では彼が私たちみんなのなかで一番だということが分かった。…」（第十章）

アラビスの生き方に見られるように、登場人物の女性たちの中にはルイスの女性観が現れていると考えることもできるかもしれない。アラビスは積極的で活動的だが、他方、彼女の友人のラサラリーンは向上心のない自己中心型というように、ルイスは相反する二種類の女性のタイプを書き分けている。雌馬のフインについて、慎ましく母性的でやさしく勇気もある。ルイス自身の実生活でのパートナーとなったジョイ・デイヴィッドマンの性格と重なるのではないかとの指摘もある。(一) また、母性という視点からは、シャスタ、アラビスともに母親がいなかったが、ルイス自身も十歳のころ母親が亡くしていることから、ふたりのアイデンティティの追及は母性の再生を求めるシンボリックな旅であるとも考えられるだろう。(二)

〔ダブル・プロット〕

物語の進展においては、中心的人物であるシャスタとアラビスは意図的にパラレルに描かれていて、ダブル・プロットを形成する作品構造上の骨格をなしている。このパラレリズムはストーリーを複雑にしている一方で、ふたりそれぞれの精神的成長をより鮮明に照らし出す装置としても機能している。シャスタとアラビスについて描かれた相似形を抜き出しておこう。

（一）境遇

シャスタもアラビスも母親不在である。そしてともに不幸な境遇におかれている。これが今いる境遇から逃れる最大の要因となっている。シャスタは貧しい漁師の子として育てられ、教育も受けていないが、アラビスの方は貴族の娘でカラーメン国の上流階級の常として礼儀作法は厳しくしつけられた。この明らかな対照は、後にシャスタが旅を通して自ら教養を身につけ、さらにアーケン国の王子であったことが判明することで、外面においても最後には完全なパラレリズムに至る状況を一層印象付けることになっている。

（二）ナルニアへの憧れ

別々の理由で家を出ることになるふたりは、それぞれに話をするナルニアの馬と出会う。ふたりともその馬たちからナルニアの素晴らしさを聞いて瞬時にその魅力に取りつかれ、馬に乗って出発する。こうして旅はふたりのパラレルな構成で始まる。すぐにふたりはアスランの意図によって出会い一緒に進むことになるが、タシバーンの都では、互いに離れ離れになってしまう。

（三）タシバーンで邸宅に逗留

旅の途中、タシバーンでは、ふたりとも別々に豪華な屋敷に留まることになる。シャスタは、離れ離れだった双子のもう片方であるとのちに判明するコーリン王子と間違われ、ナルニアからの客人たちによって宮殿のような宿に連れて行かれる。アラビスは、シャスタとはぐれてすぐに貴族の友人と会うことができて、二頭の馬とともにその貴族の邸宅にかくまってもらう。

（四）密談

ふたりとも待ち合わせ場所の町はずれの墓を目指して逗留地から逃げる直前に、別々に異なる重大な密談を立ち聞きしてしまう。シャスタが聞いてしまったことは、カラーメン国に軟禁状態だったナルニアのスーザン女王、エドマンド王らが帆船で逃げる計画のことだったが、この計画はシャスタがその場所から立ち去ったあと無事成功する。一方、アラビスが聞いてしまったことは、スーザンらナルニアの王族たちの逃亡が発覚した直後に、カラーメン国のラバダシ王子が怒り狂って、まずカラーメン国と和平条約を結んでいる隣国アーケン国を急襲、そこからナルニアへ攻め込もうという策略であった。これこそが物語後半の進展の鍵となる事件であり、物語はここからこの急を知らせるためにシャスタたちが急ぐという展開へと変ってゆく。

（五）内的成長

物語の結末へ向かうにつれ、シャスタ、アラビスはそれぞれにアスランを通して悟り、互いに相手を理解することができるように内面において成長を遂げる。シャスタが王子であることが判明し、外面上でもアラビス王女と同じ立場となる。

以上のようにふたりをパラレルに配置することで、作品のストーリーが構造的に補強されているだけでなく、それぞれの精神的な成長が際立つよう形式の面からも主題が照らし出されていると言えるだろう。

〔コントラスト〕

作品構成の点でさまざまなコントラストが用いられている。ルイスはこうした方法を用いて物語の主題を強調しているように思われる。

（一）善悪

善悪の対比の構図は『年代記』全七巻を通して見られる主題のひとつだが、本作では善の象徴であるアスランはカラーメン国の人々が勝手に作り上げたアスラン自身の歪められた虚像に対して立ち向かっている。

「…ナルニアの高位の王（神々がそのもののすべてを退けますよう）が、ライオンの形をした恐ろしい形相であらがいようもない邪心を持つ悪魔の力を借りているということは、広く知られています。…」

（第八章）

アスランはナルニア精神を具現化した善性を持つ存在として知られるが、本作においてはときに旅人たちを急かせる獣であり、またときにシャスタを慰める猫の姿として現れ、いつもの神秘的存在としては登場しない。ここでは、アスランの象徴的な神性よりも、獣あるいは生物といった面が強調されている点はほかの作品との決定的な違いであろう。

悪については、カラーメン国の王子ラバダシは平和な時代にもかかわらずナルニアとアーケン国に対して宣戦布告無しに攻め込む好戦的な悪として描かれている。こうした敵対行為は『年代記』最後の第七巻『さいごの戦い』においても再現され、ナルニアを終末へと導く重大な原因となる。どちらの作品においても、悪の源泉はカラーメン国の中のごく一部の邪悪な人の心のうちに存在するものであって、ナルニアにとっての異教たるカラーメンのタシ神それ自体にあるとはされていない。

「あなた〈ラバダシ〉はタシの神に願った、」とアスランが言った。「それゆえ、タシの神殿においてあなたは癒されるだろう。…」

（第十五章）

（二）平等性

カラーメン国の〈平等性〉の欠如もナルニアの善性と対比させられている。カラーメンには階級制、社会的性差が存在する。アラビスもそのひとりであった貴族階級は男性はタルカーン、貴婦人はタルキーナと呼ばれるが、その下に召使いや奴隷の身分もある。シャスタもまさに奴隷として売られるところを辛うじて逃げ出したのである。アラビスも貴族階級であったとはいえ、不幸な身の上と望まない結婚という実質的な奴隷状態(三)から脱出してきたのだった。

ナルニアでは、すべての話す動物たちが平等で性別などに関わりなく自由である。ナルニアは人間の王族のほかは話す動物たちの国だが、カラーメン国は人間の国であり、特に男性たちは優位に立っていて気性が荒い。カラーメン国の動物は言葉を話せず、われわれの世界においてもそうであるように、野生か使役用か愛玩用、または食肉用の家畜である。

「私（ブリー）はナルニアの自由民です。わたしが奴隷や道化の話し振りをする必要はありません。」

（第一章）

(三) 南北

さらに〈南北のコントラスト〉も見られる。別世界での〈カラーメン国〉対〈ナルニア国〉との対比は、現実のわれわれの世界の南北問題、すなわち〈南半球〉対〈北半球〉という地理や文化・歴史的状況と重なり合うところがある。ルイスはカラーメン国の異国情緒あふれる街の風景を多くのページを割いて生き生きと描き出していて、こうした様子を描写することを楽しんでいるようにも感じられる。さらにこの精緻な筆致は、『年代記』の中でも特に本作がリアリズム的と評される一因となっている。一方、北のナルニアの深い森は、ヨーロッパの風土そのものを感じさせるし、同じくナルニアの話をする動物たちや妖精などはヨーロッパに伝わる多くの民話や伝承物語の要素を取り入れて成り立っていると言えるだろう。南に位置し濃い色の髪の人々の住む文字通りカラーメン国に対して、北方の金髪の人々の住むナルニアや隣のアーケン国とのコントラストが示されている。

　物語はこの南北の対比が二つの国同士の差異の中に配置され、それが前述の善悪の対比と結びついてさらに対照が際立っている。シャスタとアラビスは南から北へと旅してゆくが、[四]その方向性は本作の地理的様子にも表れているような、〈南＝荒々しい野蛮さ〉からの脱却を暗示しているだろう。ふたりが北へ向かうに従い、シャスタは徐々に王子にふさわしい教養や勇気を身につけ、アラビスは自分の心から奢りや偏見を捨てて行くが、ここにも地理に対応した心理面での対比が感じられる。

〔アイロニー〕

物語全体が〈アイロニー〉に包まれている点も『馬と少年』の特徴のひとつと言えるだろう。こうしたアイロニーの色濃さは『年代記』の他の作品には少ないものと感じられる。時にアイロニーは次項のような滑稽さも醸し出すこともある。シャスタが父親であると思っていた漁師アルシーシュは、シャスタを息子と言いつつも奴隷同然に酷使していた。そしてある貴族がシャスタを奴隷として欲しいと申し出るや、シャスタは大事な一人息子と主張してできるだけ高く売ろうとする。物語そのものがこうしたアイロニーで幕を開けるのである。

「おいくらで譲れというのでしょうか、あなた様のこのしもべは貧しいとはいえ、その一人息子でありその肉体でもあるものを奴隷として売るのですから。」

（第一章）

一方、アラビスが偶然立ち聞きしてしまった場面では、アーケン国とナルニアへ攻め込もうとする策略を練るティスロック王、ラバダシ王子そして大臣の極秘会議の席上での会話は、三者とも表面的な言葉使いは貴族的である。ところがその内容は聞くに堪えないような野蛮で下品なものだった。ティスロック王をたたえるふたりの言葉も、その形式的な丁寧さとは裏腹な心が感じられ、こうした落差にアイロニーがにじむ。

シャスタとともに出発した馬のブリーは、常に自らの志を高く持ち続けようと努めているが、その話し振りはときに俗物的にさえ響くこともある。とはいえ、少女アラビスがフインのことを「私の馬」と言ったとき、すぐにブリーがアラビスに告げた次の言葉は本作の題名に関わるもので、ナルニアでのあるべき状態について述べている。

「われわれ、私（ブリー）とフインはナルニアの自由民です。きっと、あなた（アラビス）もナルニアに逃げようとするならそうなりたいことでしょう。それなら、フインはもうあなたの馬ではありません。あなたの方がフインの人と言った方がいいかもしれません。」

（第二章）

本作の原題は『馬とその少年』である。馬が中心となっていて人間はそのお供のようですらあり、これ自体がある意味ではアイロニーである。(五)そして実際、物語のほとんどの場面でブリーとシャスタは対等どころか、ブリーの方が知識や判断力で勝っている。話をする馬が登場する作品というと、ジョナサン・スウィフトの『ガリヴァー旅行記』には賢い馬たちフウイヌムが登場するが、これもアイロニーの書であった。人間ガリヴァーより上に立っていたと言う点からみれば本作の状況とも重なるだろう。

アラビスと彼女をかくまってくれた友人のラサラリーンとの会話もふたりの対照的な性格を映し出していておかしみが感じられる。双方とも仲が悪いわけでも失礼な言葉使いでもないのに会話はほとんど噛み合わない。現状に満たされず外界へ飛び立とうとするアラビスと現在に満足して疑問も抱かずにそこにとどまろうとするラサラリーンの目指す道は反対向きなのである。互いに自分の進もうとする道を信じている様子には逞しさも感じられるが、友人同士で相手の世界を理解しえないすれ違いはもの悲しさが漂う。

このように作品全体を通して感じられるアイロニーは、物語の中心であるシャスタたちによる「アイデンティティを求める旅」という主題が真面目さや単調さに陥ることのないよう機能しているだろう。とはいえ、まさにこの理由により、『馬と少年』が『年代記』において特殊と感じられるものとなっていることもまた事実と言わざるを得ないのである。

〔滑稽さ〕

アイロニーは視点をずらすと、ときに滑稽味や諧謔性が感じられることもあるだろう。それらが少なからず認められるという点でも『馬と少年』はほかの作品とは異なっている。本作では滑稽さが物語に散りばめられ、作品の特質のひとつとなっている。英語童謡の伝統詩として「マザーグース」とも呼ばれるナーサリーライムズの滑稽さはよく知られるが、近現代英文学における諧謔性もエドワード・リアやルイス・キャロルのノンセンス詩などで知られている。イギリスではユーモアは文学の重要な要素であることは間違いないだろう。『年代記』のほかの作品にもユーモアは見られるが、本作ほど意識的に表現されて物語の中で大きな役割を果たしているものはないように思われる。ルイス自身が諧謔そのものを楽しんでいるようにも感じられるのである。

例えばブリーの場合、逃げる途中で荷馬に変装しようと尾を切らざるを得なくなったときの言葉や、その他にもナルニアに入る前に草の上で転がる様子などに滑稽さがにじんでいる。

「もし私が話す馬でなかったら、顔に何とも見事な一蹴りをお見舞いしたでしょうね。尾を引き抜くのでなく、切ってくれると思ったのに。…」

（第三章）

シャスタの双子の兄弟、コーリン王子はいたずら好きな少年として描かれていて、その行動は常にユーモアを感じさせる。シャスタがコーリンと間違われた原因も、彼が宿からタシバーンの町へとそっと逃げ出したからである。コーリンはアーケン国の救援に出陣する際にも世話係の小人とつかみ合いの喧嘩をしたり、あるいはその小人の鎧をシャスタに着せて一緒に戦いに参加しようと勧めたりと愉快な性格である。のちにシャスタが本当はアーケン国のコル王子で兄にあたり将来アーケン国の王に就くことが分かる。そのときもコーリンの方は失望どころか、ずっと王子でいられることに大喜びする。

「万歳、万歳、」コーリンが言った。「王にならなくていいんだ。…いつでも王子だ。…」

（第十五章）

コーリンのこうした陽気な存在感は物語を通して道化的な〈明〉の部分として機能しているだろう。コーリンの存在によって、ナルニアとアーケン国側の明るさすなわち〈善〉は、カラーメン国のラバダシの暗さすなわち〈悪〉との対比として一層明確に表されている。

〔ラバダシ王子〕

本作最大の諧謔はカラーメンのラバダシ王子とともにあると言えるだろう。ラバダシは物語が大団円に至るまでは血の気の多い好戦的王子として人々から恐れられ、悪意に満ちた憎むべき人物に描かれている。前段で触れたカラーメンの貴族たちの密談では、王子は大臣の発言にいら立っていちいちその尻を蹴るというやり取りが見られる。これは策略の非道さに反比例して、まるでイギリス人が好むコミカルな寸劇を見ているかのような滑稽さも感じられる。イギリスの滑稽な寸劇は、パントマイム（イギリスでは無言劇とは違う）やコメディー・スケッチなどと呼ばれ、舞台やテレビなどでも人気がある。「モンティ・パイソン」のテレビシリーズや映画なども、知的であるとはいえ、こうした系譜の中にあると言えるだろう。

物語後半でアーケン国のアンバード城襲撃がカラーメン国の失敗に終わると、ラバダシ王子は皆からの嘲笑の的へと変貌を遂げる。戦いがナルニアの勝利に終わったとき、彼は城壁の高い所で釘に引っかかっていて手足をばたばたと動かしていた。その滑稽な様子は敵であったナルニアやアーケン国の人々に笑われることとなる。これはラバダシ自身の自尊心からすれば戦死するよりも耐えがたいことだったであろう。それまでの彼の恐ろしげな様子とこの場面での間の抜けた滑稽さとの落差は、敗北による彼の〈精神的死〉を象徴していると言えるだろう。それでも自らの状況を悟れない彼は、最終十五章でアスランによってロバへと姿を変えられてしまう。罰として卑しいものへと転身させられる様子は、古代ローマ詩人オヴィディウスの神話集『変身物語』に倣ったと考えられる。ロバに変身してゆくにつれてラバダシは人間の言葉さえも失ってゆく。

「ああ、ロバはだめだ。お願いだ。せめて馬なら—せめて馬—せめ—て—う—いい—あう—。」

そして言葉はロバのしわがれた鳴き声の中へと消えていった。

（第十五章）

彼が言葉を失うことは、ナルニアの動物たちが話すことができることのアンチテーゼとして提示されているが、同時にラバダシの本国カラーメンの動物たちが話さないことも示している。変身しながらその言葉が鳴き声へと変わり、あがくほどに滑稽さが増してゆく。ロバのままカラーメン国に送り返されたラバダシ王子は自国の民衆からも笑われる運命にあった。アスランが定めた通り彼の信じるタシ神の神殿ですべての臣民の前でなければ人間に戻ることができなかったためである。これは残酷な罰のようだが、忘れてならないことはラバダシがナルニアやアーケン国に対し宣戦布告もなしに攻め込み大量殺戮をもくろんでいたところで敗北したことである。その罪に対してはむしろウィットに富んだ諧謔性をも感じさせる罰であると言うべきだろう。

〔諧謔とアイロニー〕

滑稽さの強調は、言い換えればシリアス過ぎないもの、すなわち良い意味において軽い作品をルイスが意図していたためと思われる。本作で起こる事件からもそのことが推測されるだろう。『年代記』のほかの作品では重大な死の問題に直面することがあるのに、本作では死の暗さそのものが希薄である。実際に戦争中に犠牲者が出たアンバード城の攻防の戦場においてもその後のアスランから裁きを受けるときも、ラバダシは前の引用のように滑稽に描かれる。

物語のクライマックスとして諧謔性を追求しているかのようにさえ感じられるが、こうした滑稽さは前述のアイロニーと混然となって表されている。前項で述べたシャスタが父親だと思っていた漁師やシャスタを奴隷として買おうとしていた貴族、さらにはラバダシ王子や父王、大臣などカラーメン国の人々の丁寧な言葉使いとは裏腹な身勝手な欲望はアイロニーを感じさせながらまた滑稽でさえある。ラバダシ王子が悪の象徴であると同時に諧謔の象徴としても描かれているように、滑稽さはその両義性においてアイロニーをも体現しているのである。こうした諧謔性は本作の冒険物語が単調に陥ることなく躍動感を保つような効果も与えていて、『年代記』の中でも特異なものという印象を与える要因となっているだろう。

〔異国風描写〕

『馬と少年』と『年代記』のほかの作品群との違いは、作品の舞台となる土地とそれに起因する風景にも存在する。本作では全編を通してリアリズムを基調として物語が展開してゆく。たとえば、アラビア風のタシバーンの町の細かな描写を中心に、シャスタたちが村から都へと逃げる道の様子、砂漠からアーケン国へ至る峡谷の描写などどれも写実的な景色が読者の目の前に広がってゆく。こうしたリアリズムを通して描き出される眺めはほかのナルニアの想像の世界と比べても非常に写実的な景色である。この現実感は前述の『カスピアン王子』に見られるものとは比べられないほどリアルで、ナルニア本来の別世界の幻想的風景とは明らかに異なるものである。

また、アラビア風な展開そのものが、ルイスが本質的に持つ〈北方＝西ヨーロッパ〉的資質とは異質な世界と言えるだろう。たとえば、『ルバイヤート』（十一世紀、ペルシア〈イラン〉詩人ウマル・ハイヤーム作）の影響、そしてカラーメン国の都タシバーンの様子は、『アラビアン・ナイト』の都を思わせる[六]。こうした舞台設定は、〈東洋趣味〉[七]とか、あるいは、〈疑似アラビア風〉と呼ばれることもある[八]。

　というのも、彼らナルニア人たちは皆、シャスタと同じように白い肌をしていて、彼らのほとんどは金髪だった。…ターバンの代わりに金属製の被り物を身につけていた。…脇にさしていた刀は、カラーメン人の三日月刀のようには反っておらずまっすぐだった。

中東的ということなら、『ライオンと魔女と衣装箪笥』において魔女がエドマンドの誘惑にもちいたお菓子が「ターキッシュ・デライト」（トルコの喜び）という名であったことも思い起こされる。さらに、アラビア、トルコ的景色を通してイスラムなどの非キリスト教世界を強調することで、ほかの六作品との対照においてそこから逆に聖書的なイメージを遠く喚起させるという効果もあるだろう。

こうした南方の舞台では、『年代記』のほかの作品群とは異なり、アングロ・サクソンやケルトの幻想的な魔法はその効き目が弱まるのである。『馬と少年』のリアリズム基調の〈南方〉の風景という視覚的、感覚的異質さは作品の内的風景にも少なからず影響を及ぼしていて、ほかの物語群との内面的な差異も感じられる。

〔ナルニアの外側で〕

『馬と少年』を『年代記』全体の中に置いたとき他の作品と異なるように感じられる理由をさらに考えてみよう。ひとつにはこの作品の大部分がナルニアとはほとんど関係がないためと思われる。実際、カラーメン国からナルニアへ向かうまでがこの物語の舞台であって、話の中心はナルニアにはない。聖書などもそうであるように古典的作品は主たる歴史から外れた挿話を含んでいるのだが、本作が全七巻の中でその役目を負っているとも考えられる。ほかの古典文学においても、古英語詩『ベオウルフ』や中世フランス詩『薔薇物語』（十三世紀、本編ギョーム・ド・ロリス、続編ジャン・ド・マン）、あるいはトマス・マロリーの『アーサーの死』（十五世紀）や中世仏・独作品も含めたアーサー王伝説の多くなども主題から逸脱した挿話が何か所も見られる。どの物語もそれらを含めつつ作品全体として一方向へと向かって成立しているのである。ルイスの中世文学志向は言うまでもないが、『年代記』もまたそれらの古典作品群が意識されていると考えられる。いずれにせよ『馬と少年』の持つその特殊性を、『年代記』全体を構築するための一要素という視点で捉えてみるならばこの『馬と少年』という作品が『年代記』の中で担う意義が一層明確になるように思われる。

〔完結した世界〕

イギリスのファンタジーの系譜から見れば、現実の人間界と別世界との関係性が鍵となっている作品は多い。ファンタジーの多くは両者が共存している。たとえば、ルイスも好んで読んでいたベアトリクス・ポッター『ピーター・ラビット』やE．ネズビット『床下の小人たち』、さらにA．A．ミルン『クマのプーさん』やM．ボンド『くまのパディントン』などは人間の世界と空想世界が滑らかにつながっている。他方、ケネス・グレアム『楽しい川辺』、『ロード・オブ・ザ・リングズ』などは別世界だけで完結していて人間界との交流はない。ところが、ナルニアの場合は両者をつなぐ〈扉〉が物語ごとに設定されている。『不思議の国のアリス』の兎穴や続編での鏡、さらに『ハリー・ポッター』のホグワーツ特急のキングズ・クロス駅も同様である。ほかの『ナルニア国年代記』六作品では、いずれも人間の子どもたちが何らかの扉をくぐってナルニア世界へ入ってゆくという形式で物語が展開してゆく。そして物語の最後では、『最後の戦い』を除けば、また人間界に戻ってくるというように、ナルニアとわれわれの人間界とが有機的関連性を持っている。人間の子どもたちが通ってくる扉はしかしながら、この『馬と少年』には存在しない。

作品はカラーメン国、アーケン国、そしてナルニアという別世界での出来事を細かに描写しながらもそこだけに終始しているため、本作では扉は必要とされない。形式の点からだけ見れば、単に『ロード・オブ・ザ・リングズ』と似た設定と感じられるが、『ナルニア国年代記』の作品として考えると必ずしもそれほど単純な結論にはならないだろう。すなわち、『年代記』のほかの作品が持つ、扉の向こうに無限大に広がる別世界、人間界から見た相対としてのもう一つの世界への〈憧れ〉という視点は本作には存在しない。その意味において、『馬と少年』ではルイスのファンタジー特有の主人公たちが別世界へ足を踏み込む瞬間の衝撃あるいは浮遊感、そしてナルニアへ入った〈喜び〉を読者は共有することがないのである。人間の子どもたちがナルニアへ迷い込むという形は、実は単なる形式を超えて『ナルニア国年代記』全体を貫く〈憧れ〉という根源的な衝動を具象化させた仕掛けでもあった。とはいえ、本作に憧れの感覚が少ないと言うことは決してない。他の物語では人間の子どもたちが抱くナルニアへの憧れを、本作ではシャスタ、アラビスと二頭の馬たちが同じように担っていると言うことができる。『馬と少年』それ自体を見れば扉がないことは物語そのものの意味に何ら影響を及ぼす要素ではないが、このように全体の中において捉え直せば、扉の有無は本作をまさに『年代記』の中で特殊なものとしているのである。

〔視点の多角化〕

これまで述べてきた『馬と少年』とほかの作品群との差異は『年代記』の中でどのような意味を持っているのだろうか。ルイスがこれまで発表してきた「『年代記』のパターンに飽きて変化を求めた(九)」という考えも本作の初期のアイディアとしては当てはまるように感じられる。とはいえ、結果としてルイスの求めた変化とはおそらくは単にムードを変えたいと言った表層的な問題に留まるものではなかっただろう。『ドーン・トレッダー号の航海』とともに、ナルニアを取り巻く別世界のもっと大きな地図にまで想像力を広げてその周辺を含めた地理と歴史を『年代記』に定着させたいと考えたように思われる。これまで、現実の人間界とナルニアおよびその北方地域そして海という、いわばルイス自身の世界と彼の専門分野の中世・ルネッサンス的世界の中で構築された物語群であったものが、今回はその枠を超えるような想像をさらに羽ばたかせながら、ナルニアとその周辺を作り上げようとしたのだろう。前作の〈北〉から本作で〈南〉へと視点をずらすことで(十)、『銀の椅子』と『馬と少年』とが補完し合いナルニアは一層広大な想像世界の見取り図を獲得したと言えるだろう。本作の存在とその写実的な描写によってナルニアとその周辺世界は現実の世界地図のように具体性とリアリティーを増したのである。それまでの印象として透明感さえ感じられる想像上の別世界であったものに対して、本作のカラーメン国の印象的な色鮮やかな景色や人間模様は『年代記』全体に現実感を与え、さらに生命の躍動観をもたらした。こうした人間味もいままでとは違う視点の多角化の結果として得られたものであろう。

『馬と少年』の後、ルイスは『魔術師のおい』と『最後の戦い』というナルニアの起源と終末を描いた二作品で『年代記』を締めくくる。これら最後の二作がまたもとの形式に戻って、人間界と別世界との〈扉〉を中心に据えて物語を展開させていることを見ても、本作は『年代記』において、中国の詩で言えば起承転結の〈転〉に相当すると言えるだろう。したがって、本作の特殊性は単に偶然や気分転換的なというものではないのである。全体の構成においてあえて写実的、現実的などの異なる方法を採用し、また異なった地理的状況（南方＝中東風）を設定し、異なった感覚（アイロニー、諧謔性）をもちいて創り出した作品である。こうした手法こそが『年代記』全体に中で〈転〉としての意味をもつ作品に最適とルイス自身が思い至ったのであろう。

＊＊＊＊＊＊＊＊＊

『馬と少年』は単独の作品して見た場合には比較的伝統的な冒険／教養小説という印象を受けるし、主題としてのアイデンティティの追求や善悪の問題、作品構成などの基本的な点については『年代記』のほかの作品にも共通する部分を持っている。しかしながら、『年代記』全体の中で本作に目を向けると異質であるように感じられた。それは『年代記』の物語群に変化をつけ、ナルニアとその周辺のより広い土地にも現実感をもたらし、具体化させたという点で、『年代記』そのものを内的に一層深化させるためのルイスの意図と考えられる。ルイスの創造性のもうひとつの面がここに表され、『年代記』の中でその独自の地位を占めているのである。

六　『魔術師のおい』――形式を求めて

六　『魔術師のおい』――形式を求めて

〈魔術師のおいとは誰か〉

『魔術師のおい』［*The Magician's Nephew*］（一九五五）は『年代記』の第六巻で、ナルニア創世についての物語である。全七巻の最後の二冊でルイスはナルニアの枠組みを描いた。第六巻『魔術師のおい』で〈始まり〉が、そして第七巻『最後の戦い』では〈終わり〉が示される。まず『魔術師のおい』という題名の由来について触れておこう。「おい」とは主人公のひとりである少年ディゴリーのことで、「魔術師」とは彼のおじさんのアンドルーである。そのおじさんは、厳密に言えば魔術師というより魔法研究家というべきだろう。ディゴリーの父親は仕事で海外にいて母親は重病のため、彼はおじさん夫婦の家に世話になっている。魔法研究家のおじさんはついに別世界へ行くことができる指輪を発明した。その指輪によって、ディゴリーと友だちのポリーは別世界へと入ってナルニア開闢に立ち会うのである。本作では〈誘惑〉とそこからの脱却という主題が主人公ディゴリーの精神の変遷を通して表される。

〔枠組みへ〕

『魔術師のおい』執筆の時期は『年代記』の中でもほぼ最後と言える一九五四年だが、ルイスの頭の中では、ほかの作品を進めながらもナルニアの起源を語ることは当初からの重要な課題であったように思われる。というのも第一巻『ライオンと魔女と衣装箪笥』を書き終える頃の一九四九年にすでに『魔術師のおい』の下書きを一度始めているからである[二]。しかしながら、この草稿は断片のまま破棄されてしまった。その後ルイスは、おそらく常にナルニアの創世について思いを巡らせながら『年代記』の物語を執筆・発表していった。とはいえ読者の視点からすれば第五巻まで読んできた後、第六巻目にこの『魔術師のおい』が発表されるまでは、これほど明確なナルニアの〈始まり〉を目にするとは想像もできなかったのではないだろうか。

『魔術師のおい』発表以前の第五巻までは、われわれ読者にとってのナルニアとは始まりも終わりもない、文字通り永遠の別世界であった。ところがルイスはこの六作目でナルニアの開闢といういわば神話を読者に示した。たとえば現実の世界がそうであるように、われわれにとって知り得ることのないと思われた神秘、すなわちこの世界がいかにして創造されたのかという謎について知ることは、『年代記』のほかの冒険物語群とは根本的に違う好奇心を満たしてくれるだろう。当初、人間界とは別の時間の流れに支配された永劫の平行世界かと思われたナルニアが、実際には永遠の楽園ではなくわれわれの世界や宇宙と同じように過去のある時点から存在を開始して今に至っていることがここにはっきりと確認されたのである。これは視点を変えて見れば、読者にとって不安に満ちた想像へと連なってゆく事柄でもあった。すなわち論理の上からは、〈始まり〉が存在していたということは、そこからの当然の推論としての〈終わり〉が存在しうるということが想像されるからである。始まりと終わりとは常に表裏一体に補完し合うものだろう。

前に触れたように、当初の予定では第一巻のみ、あるいは初めの三巻で完結していた可能性があった。もしその予定のまま完結していたなら、そこに表現されたナルニア世界は別のものだった。最終二作のない全五巻のナルニアを仮定してみてもいいかもしれない。どちらにしても、始まりも終わりもない永遠の別世界であったはずである。ところがそこに枠組みとしての最後の二作品が付け加えられた。『魔術師のおい』で開闢が、そしてそれに対応して『最後の戦い』で終焉が語られることによって、ナルニアはある時点で始まり、始まったがゆえにいつか終わりを迎えるべき運命をたどる場所へとその本質を変えたと言えるだろう。

〔形式を求めて〕

第一巻『ライオンと魔女と衣装箪笥』から第五巻『馬と少年』までは、まだナルニアの太初の神話は読者には知られていなかったため、終わりもない世界の物語と感じられた。ところがこの『魔術師のおい』でその起源を知ったとき、別世界の創造という感動とともに、心の中ではビッグバンの最初の一点と対をなすようなすべてが消え去る一点が感じられたであろう。そしてその不安はまもなく実際に目に見えるものとなった。第七巻『最後の戦い』において、われわれはナルニアの終末を知ることになるのである。その最終巻では、ナルニアの永遠性について、そして存在理由について問われなければならなくなる。

本作は一九五四年に完成したが、その直後には並行して書かれていた最終巻『最後の戦い』も脱稿する。したがってナルニアの創世記の発表が全七巻の最後から二番目になったことは決して偶然ではない。つまりルイスは〈始まり〉と〈終わり〉を対として見ていたと思われる。起源を表すからには終末も示さざるを得ないと言うことだろう。ナルニアの歴史の点から言えば、『魔術師のおい』と『最後の戦い』は、最初と最後を描く〈枠組み〉として機能していて（二）、この二作は表裏一体をなす一対である。「創世記」に当たる『魔術師のおい』は、始まりであるがゆえに必然的に終末へと向かって進んで行くものであり、そのことはすなわち、ナルニアが永遠に存在し続ける世界ではないという事実を決定づけ、『最後の戦い』とともに『年代記』全七巻の意味を統合し方向づけた作品（三）ということができるだろう。

この二冊はいわば形式のための作品と言える。枠組みの方向から物語が出来上がっているだろう。それは、『ライオンと魔女と衣装箪笥』を衝き動かしていた、別世界への憧れを具体化したいという思いとは異なった方法である。額縁の役目を果たす最終二巻において物語を推し進める力は、他で見られたような憧れよりも〈形式〉そのものへの希求へと変容している。そしてそれを目指したと言うことにおいて、確かに最終二作品は始まりと終わりというメッセージを読者に明確に伝えるものとなっている。

〔二種類の始まりの物語〕

『年代記』全七巻には、前述のように始まりの物語はもうひとつ存在する。第一巻『ライオンと魔女と衣装箪笥』もまた内的な意味において『年代記』の始まりの物語と呼ぶべき作品である。これらふたつの始まりの物語の関係を考えてみよう。破棄された「原・魔術師のおい」は、第一作『ライオンと魔女と衣装箪笥』完成の一九四九年頃に一度着手されたが完成には至らず後に書き直されて本作ができたと述べた。始まりの物語である『魔術師のおい』と『ライオンと魔女と衣装箪笥』の二冊はまた別の意味でも深いつながりがあると考えられる。

『ライオンと魔女と衣装箪笥』においては、老学者の屋敷に疎開してきたピーター、スーザン、エドマンド、ルーシーの四人の子どもたちが衣装箪笥を通り抜けてナルニアに入ってゆくが、この老学者こそが本作でナルニアの創世を見届けたかつてのディゴリー少年だった。さらに、この魔法の衣装箪笥は、ディゴリーがナルニアから持ち帰った林檎の種から育った木で作られたものでその結果ナルニアへの扉と成り得たのであった。ナルニア産の木それ自体が家具となってもなお生まれ故郷のナルニアへの郷愁を湛え続けたわけである。『ライオンと魔女と衣装箪笥』の老学者は、その第一巻では読者にはその名を告げることもなく、また四人の子どもたちからナルニアの体験談を聞かされてもその場で自らの過去の同様の体験を明かすこともなかった。しかしながら、その伏線は語られていたのである。彼は、『ライオンと魔女と衣装箪笥』の最後で、子どもたちにこう語って聞かせる。

「コートを取りに衣装箪笥の扉を抜けて戻ろうとしてもうまく行かないだろうと思うよ。その入り口からナルニアへはもう戻れないだろう。…それは、探していないときに起こるのだ。」

（『ライオンと魔女と衣装箪笥』第十七章）

直接的なことは一言も語られてはいなくても、これらの言葉からは老学者ディゴリーのナルニアへの理解の深さが感じられる。この点において、ともに始まりの物語であるこの二冊は根底で呼応し合っていると言えるだろう。

〔善悪〕

『魔術師のおい』と『ライオンと魔女と衣装箪笥』に共通するモチーフのひとつは善悪の闘争であり、(四)これはまた全巻を通じて示される中心的な主題の一つでもある。『魔術師のおい』では、ナルニアの起源に加え、〈悪〉がいかにしてその世界に入り込んだかという物語を通じて〈誘惑〉とそこからの脱却という主題が示されている。前半ではディゴリーが誘惑に負けて魔女を目覚めさせてしまういきさつが語られる。魔女の目覚めに関しては、初めは重要性がそれほど感じられないが、物語後半へと進むにつれて遡って物語前半で悪がナルニアに侵入した経緯が語られていたことが明らかとなる。後半は、ディゴリーが新たな誘惑に打ち勝ち、悪を持ち込んでしまったことに対する償いをする物語となっている。こうした内容を反映して、作品の雰囲気も前半は重苦しくどこか不安感がつきまとっていたのに対し、後半の冒険では力強さも感じられる。

それぞれの部分でディゴリーに向かってくる誘惑は物語の鍵となる重要なモチーフである。『魔術師のおい』における少年ディゴリーはこれらの誘惑と対峙しくじけそうになりながら持ちこたえたのであり、その点でこの物語は彼の精神の成長を描いた作品と読むこともできるだろう。ところで誘惑というモチーフを考えれば、ディゴリー以外の人物にも誘惑が待ち受けている。たとえば、ディゴリーのおじは魔法の研究に取りつかれ後には魔女の妖しい美しさに振り回され、ディゴリーのような精神的向上は見られない。また第一章の最後では、ポリーもこの魔法研究の誘惑に乗って魔法の指輪の魔力によって別世界へと飛ばされてしまい、ディゴリーはやむを得ず彼女を追わなければならなくなる。しかしながら、ポリーにおいても、善に向かうような魂の変遷という主題との関わりはほとんど見出せないのである。

〔開闢〕

『魔術師のおい』では、ディゴリーとポリーというふたりの子どもたちが人間界から太初のナルニアへと入りその創造の瞬間に立ち会う。『魔術師のおい』は十五章からなるが、一巻全体を前半と後半とに分けて考えることができるだろう。ふたつの部分は第八章の半ばで区切れる。いかにも中途半端な場所のように響くかもしれないが、前後それぞれに七章半ずつが充てられているので、実際はほぼ同量で対称となっているのである。その分岐点というべき第八章半ばでわれわれ読者もナルニアの開闢に立ち合う。

暗闇の中でついに何かが起こりつつあった。一つの声が歌い始めたのである。遥か彼方だったので、ディゴリーにはどこから聞こえてくるのか判断するのが難しかった。…言葉はなかった。曲さえほとんどないようだった。それでも、彼が聞いた中で比べられないほど、もっとも美しい響きだった。

（第八章）

ナルニアの創造の描写は、基本的には『旧約聖書』「創世記」の天地創造のイメージをルイス流にさらに具体化して表現する方法を取っている。「創世記」での創造には歌の記述は見られないがルイスはあえてここに聖書には現れない音楽を置いたのだろう。これは中世ヨーロッパで「天上の音楽」とも言われた神と宇宙とを結ぶ宗教的音楽も想起させる。いずれにせよ、この開闢の歌声は独創的で美しいイメージをわれわれにもたらしてくれる。

他方、開闢の歌声には「言葉はなかった」という。歌詞がないということであるが、同時に「曲さえほとんどないようだった」という。ハミングというよりは、「あ」音などだけで歌う〈母音唱法〉（ヴォーカリーズ）のようなイメージと思われ、もし実際に聴くことができたなら美しいものに違いない。[五] ナルニアにはやがて光も現れる。

…一瞬前まで何もなかったのに、次の瞬間には幾千もの光の粒が飛び散った。ひとつの星、星座、そして惑星さえも、われわれの世界のどんなものよりももっと明るく大きいものだった。

（第八章）

読者がこのナルニア開闢の場面でさらに気づくことと言えば、雑然とした状況ということだろうか。ディゴリー、ポリーとともに別世界から人間界へ入ってしまった魔女のジェイディスはロンドンで騒動を起こす。ディゴリーらは魔女を再度別世界へ送り返すが、その時、子どもたちと魔女に加え、アンドルーおじ、馬車の御者とその馬のストロベリーも一緒に創世前のナルニアへと入ってしまったのだった。『旧約聖書』の「創世記」第一章は、厳かにそしてナルニアとは異なり歌がないためおそらくは静かに幕が上がるが、ナルニアの開闢は上記の人たちの混然とした状況で夜が明け、アスランによる第一日目が始まる。とはいえここにはたとえば『馬と少年』にあったような諧謔性はほとんど感じられない。魔女やアンドルーおじたちの混沌状態と開闢の荘厳さが対比されていて、「創世記」をただなぞることなく、ルイスの天地創造の表現にはいわば人間味にあふれた独自性が発揮されているのである。

〔廃都の鐘〕

作品前半においては、物語の中心はナルニアの創世ではなくチャーンという廃都の描写である。開闢とは反対に暗く冷たい死の世界が示される。この廃都は言うまでもなく、新たに生まれてくる新生ナルニアのアンチテーゼであり、先に死があってそして生が生じるという逆向きの提示となっている。ここには無神論からの回心というルイス自身の実体験も映し出されているかもしれない。

『魔術師のおい』で誘惑に揺れるのは主にディゴリーだが、彼の心はどう動いただろうか。大きな誘惑は前半と後半にそれぞれ現れる。前半の誘惑の種は、生きるものの絶え果てたチャーンの廃都で宮殿の鐘の柱に刻まれた次のような言葉であった。

決断せよ、向こう見ずな異国の者、
鐘を打ち、危機を待ち受けよ
（第四章）

この言葉はチャーンの女王ジェイディスの魔法の呪文であったことが後に判明する。女王は王家の権力闘争で追い詰められ、いよいよ殺されようという直前に魔法を使って自分以外のすべての生き物を死滅させた。そして自分自身のもちいた破滅の魔術のために自らも眠りにつき、誰かがこの鐘を鳴らして女王を目覚めさせるようにという呪文を残した。したがってこの誘惑の言葉は破滅とともにあると言える。この呪文の前に立ったディゴリーは、ポリーの反対を押し切ってただ好奇心から勝手に鐘を鳴らしてしまう。彼は鐘を打つ前にポリーの助言の意味や自分が為そうとしている行為の意味を考えようはしなかった。この時のディゴリーの判断力の欠如がそれまで無垢であったナルニアに悪をもたらす原因となったのであった。実際のところ、この呪文の誘惑に対しては注意すれば様々な警告を読む取ることもできたはずだった。たとえばあやしく鈍い陽の光、明らかに暗い青空、都の朽ち果てた様子、生命感の全くない静寂など、第四章に描かれたチャーンの様子はそのどれもが死や不吉な予感が漂うばかりであった。子どもたちふたりがたまたま紛れ込んだチャーンという場所のあらゆる状況自体が警告だったとさえ言えるだろう。

ポリーは直感によってただちに危機を感じ取っていた。チャーンに来てふたりのそれぞれの第一声は次のようなものだった。

「なんて不思議な場所だろう。」ディゴリーが言った。
「ここは嫌。」ポリーがすこし身震いしながら言った。

（第四章）

ポリーはさらにこの後にも「ここは嫌」と繰り返している。これらの言葉から彼女がより敏感にこの廃都に不吉なものを感じ取ったのは明らかだろう。一方、ディゴリーのほうは、好奇心が募るばかりだった。もしその場でポリーのような直感が働かないのならば、良識を持って判断すべきだったのだろう。あたかも肝試しとか遊園地の幽霊屋敷にでも出かけたかのように興味ばかりが先立ち警戒を怠ったと思われるのである。ついには誘惑の呪文に負けて鐘を打ってしまったのだが、それはディゴリーの責められるべき過失と言われても仕方ないだろう。良識と言ったが、この都の様子はなにか普通ではないところがあるのではないかと疑ってみることで、つまり理性によって回避できた可能性もあっただろう。いずれにせよ、こうして魔女すなわち悪は眠りから目覚めた[六]。言い換えれば、悪はディゴリーの心の隙を見つけて入り込んだと言えるかもしれない。この魔女の復活自体が、理性を失った人間の心弱さを映して具現化された姿と見ることもできるだろう。直前の第六巻『馬と少年』とは打って変わって、あの諧謔精神の入り込む隙はここにはないのである。

〔果樹園〕

『魔術師のおい』の後半はナルニアの開闢の物語である。この場面は文字通り、『旧約聖書』の「創世記」のイメージにあふれている。(七) アスランが星や太陽を呼び出し、草木や動物たちを作り出す描写は「創世記」より写実的でありながら同時に幻想に満ちた表現となっている。ディゴリーやポリーはナルニア創造の瞬間に立ち会うことになったのだが、この時ディゴリーは、物語前半の廃都で誘惑に負けて目覚めさせた魔女を今度はうかつにもナルニア国に導き入れてしまう。その結果、ナルニアには誕生のその瞬間から悪の種が存在することとなった。これが「創世記」の六日間との最大の違いと言えるだろう。「創世記」では、蛇がエデンに侵入しその誘惑によってイヴそしてアダムの原罪が成立するのはもっと後のことだからである。始まりがあるものには終わりがあるはずだと述べたが、無垢であるはずの誕生の瞬間からすでに悪が侵入してくる情景とは、われわれ人間界は如何にと考えさせられる。この悪の存在はナルニアが永遠ではないという運命論をはるか遠方から響かせているようにも感じられる。この後ディゴリーは、悪を持ち込んでしまった償いとして地の果てにある果樹園から林檎の実を取ってくるようにアスランから命じられる。ポリーもともに行くことを希望して、ふたりは天駆ける馬に乗って与えられた使命を果たすべく冒険へと旅立つ。
長い旅の末に辿り着いた果樹園は、読者の想像に違わず、まさにエデンの園のイメージを具現したような場所であった。その入り口には次のような言葉が書かれていた。

黄金の門から入れ、さもなければ入るな
果実は人のために取れ、さもなければ控えよ
盗む者、柵によじ登る者は
心の欲望を満たすとも絶望を味わう

（第十三章）

この言葉の中の「果実は他人のために取れ」、「果実を盗むな」というふたつの戒めが後に現れる大きな誘惑の問題点となってくる。ディゴリーはアスランから命じられたとおりに林檎をひとつ取り終え、無事にその使命を遂行し終えるところだった。ところが本当の冒険はこれから始まろうとしていたのだった。林檎を手に戻ろうとしたディゴリーが帰り際にふと見ると、あの魔女がすでに先回りして果樹園に入り込み、林檎の実をむさぼっていた。

読者の多くにとってこれは、すでに「創世記」、さらには十七世紀のジョン・ミルトンの『失楽園』などで知っている蛇がイヴより先に林檎を食べるイメージである。魔女はディゴリーに向かってアスランへの裏切りの誘惑を仕掛けてくる。こうして彼は大いなる葛藤へと進んで行く。ここでの心理戦は「創世記」そのものよりも、『失楽園』での蛇とイヴとの応酬の緊迫した詩行を思わせる。この果樹園が別世界のエデンだとするなら、魔女はそのまま蛇を演じているのだが、この場でのディゴリーはイヴの役を演じることはない。彼は物語の前半で鐘を鳴らすことでイヴを演じ終えてしまっていた。後半でのこの旅は、彼が犯した過ちを償うためのものである。したがってここでのディゴリーは、使徒マルコ、マタイ、ルカによって記された『新約聖書』のそれぞれの福音書にあるいわゆる〈荒野の誘惑〉のイエスにこそ譬えられるべき姿へと成長していたのである。(八)

〈誘惑の構図〉

魔女の誘惑はまずディゴリー自身の願望、利己心に誘いかけてくる。

「…これは不老の林檎、命の林檎だ…さあ、食べるがよい」。

（第十三章）

自身の不老不死への誘いはディゴリーにとっては誘惑とは成り得ず、彼は動じることなくその誘惑を退けた。そしてその雄姿は、後に『ライオンと魔女と衣装箪笥』において読者の前に老学者として登場した時に見られるものと同じように堂々たるものだった。とはいえ最大の誘惑は、彼の態度に素早く反応したずる賢い魔女の次の手だった。それは病の床に伏している彼の母親を利用しようというものである。母親の病状は悪化する一方で、不可能とも言われる回復こそが彼の悲願であった。魔女は母の病を持ち出す。

「この林檎を一口食べれば母親の病は治るのが分からないのか、愚か者め。」

（第十三章）

魔女の誘惑は、ディゴリーに対して自己愛ではなく他者（ここではディゴリーの母親ではあるが）の生死のかかる選択を迫る。魔女の論理によれば、これは「人のため」なのである。他方ディゴリーの苦悩は、これが自分の帯びた使命からは外れるために「盗む」ことに当たるのではないかという点に集約される。考えを自己中心的に進めてゆくなら、たとえ盗みになったとしても自分だけが犠牲になれば、すなわちアスラン(九)の命令に背いたことに対して彼一人が裁かれれば、絶望的とされる母親の命が救われるのである。この理屈の裏側には悪の手口、すなわち善をすり替えて、いかにも真実らしく見せ掛けた議論で相手の心の隙を突く誘惑の常套手段が隠されている。魔女はさらに執拗に畳みかけてくる。

「ライオンはこれまでに、お前が奴隷になるようなどんなことをお前にしてくれたのだ。」

……

「お前は、母親にどうやってこの林檎を手に入れたか話すことはないだろう。」

（第十三章）

このように秘密裡にことを運ぼうとするのは悪の性質のひとつであろうが、魔女は、ディゴリーがアスランとの約束を破棄すれば母親のことはすべてうまく運ぶに違いないうえ、アスランに背くことは〈悪〉とは言えず、また誰にも知れることもないと説き、誘惑の論理を一層完全なものであると信じさせようとする。

〔ディゴリーの精神的成長〕

ディゴリー自身は魔女の論理を打ち崩す善の論理を持ち合わせてはいなかった。しかしながらナルニアでアスランと向き合って自らを見つめ直した今の彼は、以前にチャーンの廃都で誘惑に負けて好奇心から鐘を鳴らしてしまったときから遥かに精神的成長を遂げていた。彼はここで、善がいかなるものかを知るには必ずしも知識や論理ばかりが必要なわけではないということを示すのである。魔女はアスランへの服従の無意味さを指摘したのだが、ディゴリーにとってそれは決して盲目的服従ではなかった。自らの過失の結果である混乱に対して自分から行う償いであり、彼が自分で決めた責任の取り方であった。確かに母親の病は彼の最大の悩みであろうが、それは自分の償いとは別の問題である。自らの責任を放棄して母親の病気という他の問題へとすり替えてしまうことは、彼にとって自己犠牲どころかさらに混迷へと堕落しかねない新たな過ちにつながるものだろう。あの鐘を突いたのは、自分が打ちたいから打ったという利己心のためだった。二度と再び同じことを繰り返してはならないのである。償いの旅の目的地であるこの果樹園は、過失の後にナルニアに来て精神的に変容を遂げたディゴリーの魂の一段高まった到達点を象徴しているとも考えられるだろう。彼の心はこの誘惑において何が善で何が悪かを単に知識や理屈でなく、今や彼の内に存在する普遍的な正義感によって知るまでに成長したのである。したがって、彼の精神はその底から善性へ一歩近づいたと言えるだろう。こうしてディゴリーはなんとか誘惑を退ける。

『魔術師のおい』の物語後半を推し進めるのはエデンのイメージであるが、このエデンにはイヴ役は存在せず、その点でこれはナルニアの「創世記」でも『失楽園』ではない。情景は園の林檎を巡る誘惑でありながら、その展開は、前述のそれぞれの「福音書」あるいはミルトンの『復楽園』のほうに重なってゆくものである。『魔術師のおい』と『復楽園』の最大の違いは、誘惑を克服するまでの魂の道のりである。ディゴリーは自信を持てず大きく揺れ動いたのに対して、イエスは当然ながら動じることがなかった。ディゴリーは悩み抜いて誘惑を退けたのち使命を果たしてアスランのもとへと帰還するのである。アスランに自分の心の痛みを打ち明けたのち、彼は正当な手段によって母親のもとに林檎を届けその病気も癒すことができたのであった。文字通り、ディゴリーは喜びのひとつに到達したと言えるだろう。母親は彼が誘惑に打ち勝つことで回復したが、彼女はその病気という状況をもって彼の魂の旅を映す鏡となっていたと言うこともできる。(十) 彼の精神的成長はナルニアの誕生物語を内と外から喜びという目的へ推し進めていると考えられるだろう。

＊＊＊＊＊＊＊＊

『魔術師のおい』は、最終巻の『最後の戦い』と対をなして、『年代記』の始まりと終わりという枠組みを構成している。他方、始まりの物語という点においては、『ライオンと魔女と衣装箪笥』とも関係している。形式としての始まりを扱った本作は、ナルニアの創造を通して善悪の闘争を描いているが、ここでは悪は誘惑という形でディゴリーの心に迫りくる。中心となる誘惑はナルニアの創造以前と以後とに現れるが、初めの誘惑では彼は誘惑に惑わされ負けてしまった。他方、その後ナルニアに入り新たな息吹に触れ再び悪の誘惑を受けたときには、葛藤を経てそこから脱却する。ディゴリーの魂の変遷は、誘惑という主題を通してナルニア創世の物語へと組み込まれていると考えられるだろう。

七『最後の戦い』——内は外より広い

七　『最後の戦い』
――内は外より広い

〔『年代記』最終巻〕

『最後の戦い』［*The Last Battle*］（一九五六）は『ナルニア国年代記』全七巻の最終巻でありナルニアの終焉を扱っている。ルイスは一九五六年にこの作品でイギリスの児童文学賞であるカーネギー賞を受賞している。執筆時期は出版の順序と同じく全巻の中でも最後の一九五四年後半だが、ほぼ同時期に第六巻の『魔術師のおい』が完成している。(一) 第六巻でルイスは初めてナルニアという別世界の誕生について描いたのだが、その始まりの物語のすぐ後に終わりの物語を執筆し『ナルニア国年代記』全七巻を完成させたのだった。このように最後の二巻は特に関係が深く、二巻が一対を成して『年代記』の額縁、あるいは枠組みとして年代記全体を統一する仕組みとして機能している。(二)

〔形式としての作品〕

これまで述べてきたように、『年代記』の幕開けとなった第一巻『ライオンと魔女と衣装箪笥』は「雪が降り積もる森の中で傘をさし荷物を抱えたフォーン」の姿からすべてが始まった。このフォーンのイメージこそは『年代記』全体の始まりであり、それ以降第五巻目までは、ある意味ではこのフォーンのイメージの延長線上での展開とも言えるものだった。これら五つの物語それぞれが一編の作品として独立した物語性あるいは自己完結性をめざした〈物語のための物語〉であるとするならば、『魔術師のおい』と本作『最後の戦い』の二作は『年代記』としての枠組に重点が置かれた結果、全体の中の最初と最後という部分を担うという役割が強く、いわば、〈形式のための物語〉となっている。形式そのものの中に意味を見出そうとしているかのようであるという点において、第六巻と七巻はそれ以前の五巻までとは全く異なった方法を取っていて、この二作はナルニアの物語の在り方を本質的に転換した作品と考えられるだろう。

ルイスが『魔術師のおい』で始まりを書いたのは、裏返してみれば終わりを書くためであったとも言えるだろう。ルイスは『ライオンと魔女と衣装箪笥』を書き終えた一九四九年頃、新たに浮かんだカスピアン関連の続編の案を優先させ、着手していた「原・魔術師のおい」の草稿は未完のままになっていた。初期の時点では第一巻のフォーンのイメージもまだ鮮明であったはずであり、おそらくはナルニアの起源についての物語という〈始まり〉自体への興味から、それを言語化したいと考えていたのではないかと想像される。すなわち、当時は自分の頭の中に芽生えたフォーンが棲む別世界を『ライオンと魔女と衣装簞笥』によって作品化したばかりの時で、その世界はどのように造られただろうかと想像を巡らせていたのかもしれない。結局その時には起源のイメージは結実せず、頭の中で断片のままのナルニアの「創世記」を思い描きながら、二作目以降五作目まで各作品を完成させていったのだろう。

やがて、ナルニア創造のイメージが固まって『魔術師のおい』が作品として具体化されてくると、その時には当初に考えていた純粋な起源についての物語というだけでなく〈枠組み〉としての役割が大きくなって、作品の真の意味が変化していったと考えられる。『最後の戦い』も最初のおぼろげなイメージのひらめきの段階では、『魔術師のおい』を受けてそれに対応させる形で始まりがあるなら終わりも来るだろう、との考えだったかもしれない。しかしながら、『魔術師のおい』の原稿が進展してゆくにつれ、終わりが来なければならないと感じるようになったと考えられないだろうか。したがって本作は、終わることによって改めて始まる物語を獲得するために描かれた終焉と感じられるのである。

〔偽預言者〕

終末が近づくにつれて感じられる〈無常観〉で思い出されるのは十五世紀フランスの詩人フランソワ・ヴィヨンであろう。

だがしかし、去年の雪はどこに

（フランソワ・ヴィヨン「バラード」『遺言詩集』）

この各編の末行のフレーズはあまりに有名だが、ヴィヨンはかつて栄華を極めた人物をモチーフに諸行無常を詠う。『最後の戦い』はナルニアの終焉を描いているが、こうした無常観は当然のことながらほかの六冊には見られない。無常さは終末の概念へとつながってゆくが、本作を要約してみれば、各福音書との近似を指摘することができるだろう。

《ナルニア世界が終わりに近づいたころ、偽預言者が現れて民衆は偶像に惑わされ、世界は混乱に陥る。いよいよナルニア終末という時にアスランが現れてすべての生き物を裁き、創造の必然の結果としてナルニアに終わりをもたらす。アスランは彼に従ってきた者たちを新たな真

実のナルニアへと導き、永遠に続く喜びを与える。》

物語の中では、ナルニア世界が混乱の中に在りながらもそこに住まうものたちは生き生きと描かれる一方、ナルニア最後の王であるティリアンの苦悩と凄まじい決死の戦いがある。また『銀の椅子』においてナルニアやさらに遠くへと冒険の旅をしたユースティスとジルを中心に、昔ナルニアを訪れたかつての子どもたちがわれわれの人間界から再びナルニアへと呼び戻されてティリアンとともに活躍する。このような力強い内容が重なりあってルイスの淀みない筆致が物語を前へ前へと推し進めて行くとき、『最後の戦い』は、聖書の終末論を原型としつつも、それ以上にナルニア自体のドラマを持った壮大な一編の文学作品として成立しているだろう。

〔最後の王〕

作品に即して終末観を見てゆくと、漂う雰囲気はほかの六巻と比べても暗いものとなっているが、それは物語の語り口にもはっきりと表れている。物語の第一行目には「ナルニア最後の日々」と語られている。

ナルニア最後の日々、街灯荒野を越えた西のはるか遠く、大きな滝のすぐ近くに、猿が住んでいた。

（第一章）

熱心な読者ならこの描写によって、第一巻からの自分の頭のイメージの中のナルニアの地図を思い浮かべるかもしれない。この猿は偶然にライオンの毛皮を見つけるとこれを無知なロバに被せて偶像に祀り上げ、この安っぽい仕掛けで素朴なナルニアの住人たちを騙して荒稼ぎを始める。『最後の戦い』は冒頭からナルニアの終末が近づく中の偽預言者登場で幕が上がるのである。続く第二章ではナルニアのティリアン王が登場する。

…ナルニア最後の王が自分の小さな狩猟小屋の戸口のわきに生えた高い樫の木の下に腰かけていた。

（第二章）

このようにティリアンは初めから「最後の王」として読者の前に姿を現す。作品の書き出しから終末がはっきりとした言葉で予言され、それと呼応して内容も物語が進むにつれて暗さや不穏さが増してゆく。

猿の悪知恵こそがナルニアの終焉の大きな兆しとして描かれているが、こうした〈終わりの始まり〉とも言える終末についての出来事は読者の目にはあたかも偶然のように映る。たとえば、もし猿がたまたまライオンの毛皮を発見していなかったら、あるいは、万一見つけたとしてもロバが猿に言ったようにその皮をきちんと葬っていれば、ナルニアは混乱に陥って堕落することがなかったのだろうか[三]。いや、そうした問いはそれ自体が成立し得ないのかもしれない。というのも、もしナルニアがその絶対的な存在や何らかの運命によって終焉を迎えるよう定められていたとしたら、こうしたできごとや猿の行動のひとつひとつも、われわれの目にはたとえ偶然に見えたとしてもそれはただ見かけ上のことであって、結局は予定として起こっているとも考えるべきものだからである。物語の終わりに近い第十四章に見られるように、いよいよナルニアが閉じられようとするとき、永遠のナルニアに入るのかそれとも闇を選ぶのかという問題は二元論の中での選択となるとはいえ、ナルニアの住人たちの目から見ればそれでも自由意志が残されていると考えるべきだろう。ここに『最後の戦い』の終末観が単なる運命論に陥らずに展開されてゆく救いのひとつが見られるように思われる。

〔最後の戦い〕

『最後の戦い』に見られる終末の心象は、冒頭の偽預言者や偶像に始まり物語の進展に従って現れてくる戦闘や死など数々の破壊的な暗さが積み上げられつつ構築されてゆく。敵の攻撃によってナルニアの住人である木々が次々に伐り殺されてゆき、木の精がティリアンらのもとに助けを求める。

「お助けください。あなたの民をお守りください。敵は街灯荒野で我らを切り倒しています。私の兄弟姉妹の四十本もの偉大な幹が既に地面に倒れ伏しています。」

（第二章）

この残酷な行為は偽預言者と隣国カラーメン国の共謀によるものだが、ナルニア人に対する殺戮が続くなか、鷲のファーサイトの知らせによってケア・パラヴェルの王宮も王不在のうちに落城し使者の役目を担った半人半馬ケンタウロスも討たれたことが明らかになる。

「私は二つの光景を目にしました、」とファーサイトが言った。「ひとつはケア・パラヴェル城が死んだナルニア人と生きたカラーメン人たちであふれていました。…」「そしてもうひとつは、…ケンタウロスのルーンウィットがわき腹にカラーメンの矢を受けて倒れて死んでいました。」

(第八章)

そして第十一章からはティリアン王率いる少数のナルニア軍対カラーメンの大軍との決死の「最後の戦い」となり、終末のイメージは戦争という殺し合いの破壊行為の中に極まる。戦争はいつの時代も死と切り離されることはない。「アーサー王伝説」においても、アーサーの王国の終焉は親族のひとりモルドレッドによる謀反による戦争が直接の要因とされている。アーサーはカムランの戦いで敵モルドレッドを倒すが、自身も瀕死の傷を負った。やがて迎えに来た船で伝説の島アヴァロンへ向かったところで伝説は終わっている。『最後の戦い』においても、ナルニアの終焉の主要な原因は戦争によるものと考えられる。古来、争いは無数の人や国を滅ぼしてきたのである。本作での戦闘場面は真に迫るもので、ティリアンやユースティス、ジルらのナルニア軍は勝算もなく、一歩一歩死へと近づいて行くような戦いの痛ましさがこの描写によって一層浮き彫りにされる。

〔厩《うまや》〕

読者にとって厩は、『新約聖書』におけるイエス降誕の場所と結びつくだろう。ところが、偽預言者が現れた終末近いナルニアにおいて厩は、猿がもともとありもしない偽りの神を祀った形だけのやしろとなってしまっていた。さらに、猿の嘘の祈りがあまりに本物らしく響いた様子に誘われたのか、やがて本当にタシ神が宿るようになったというものである。戦闘のさなか、ティリアンはその猿を厩に投げ込み戸を閉めた。すると中から閃光が漏れ、大地が揺れて叫ぶ声が聞こえた。生贄となった猿の断末魔であろうか。やがてユースティスも敵軍に捉えられ、悪の神タシが宿る厩に投げ込まれた。ティリアン王は、敵の隊長リシダとともに自らその厩に飛び込んで行った。タシ神は敵の隊長を自らの生贄に選ぶと厩から去ってゆく。この一連の敵味方の厩への決死の突入の様子、あるいはこれらの戦闘そのものは、あたかも「ダンス・マカブル」(死の舞踏)を戦闘の中で演じているかのようにも感じられる。中世ヨーロッパにおいては、死を忘れないようにと死神が人々を死へと向かわせるモチーフが絵画などに描かれた。貴族も市民も、金持ちも貧しい者も等しく踊りながらいざなわれてゆく。『最後の戦い』では敵も味方も善も悪も、死が待ち受けると思われる厩へと入ってゆくのである。

作品後半においてはこの厩こそ物語で最重要と考えられる拠点となっていて、タシ神が去ったあと、悪から善への〈転換〉が見られる場所である。(四) 転換と言えば、『新約聖書』の著者のひとりでかつては迫害者だった使徒パウロの改宗さえも思い出させるかもしれない。いずれにせよ、こうして中和・浄化された厩へとジルもやって来ていた。この厩は悪のみならず善もまたここから始まるという物語のいわば中心点の役目を果たしていて、ここが新たな真実のナルニアの入り口ともなるのである。同じ聖地での宗教や宗派の変遷は歴史上あちこちで目にされているだろう。エルサレムはユダ教、キリスト教、イスラム教それぞれの聖地としてよく知られている。イスラム教のアヤソフィアは、もともと正教会が東ローマ時代にコンスタンティノープルに大聖堂を建てたのちカトリックに、その後イスラムの手に移り、町の名も現在のイスタンブールとなった。

外から見れば小さな厩であったが、実際に一歩踏み込めばその中は外観とは全く異なっていて、青空や草原の無限の広がりがあった。戸口の外で繰り広げられているはずの残忍な戦争の混沌状態とは一変して、内部はどこまでも明るく穏やかな場所である。ところが小人たちはこの眩しい光の世界に入ってからでさえ、晴天も闇夜としか認識できない。彼らはみな堕落した終末世界の影響下で利己主義に染まって殻に閉じこもり、そこから抜け出そうとしなかったためである。こういったナルニア末期を覆いつくしている不信感や懐疑主義も『最後の戦い』の暗い雰囲気を作り出す要因となっている。(五)

〈死を憶えよ〉

ラテン語の「メメント・モリ」(死を憶えよ/死を忘れるな)という警句は無常観、終末観と結びつくものであろう。本作において、この言葉を忘れることがなかったのはユースティスであった。最後の戦いの前、彼は厳しい戦況を察してかジルにこう尋ねたのだった。

「もし僕たちがここで殺されたらどうなるのかな。」

「それは、死ぬんだと思うけど。」

「でも、僕が言ってるのは、僕たちの世界では何が起こるのかってことさ。目覚めたら、電車に戻ってるのかな。それとも、僕たちは消えて、もう消息不明になるのか。あるいは、イングランドで死ぬのかな。」

（第九章）

実際には、ふたりの子どもたちはナルニアの戦争で死ぬことはなかった。そしてふたりが厩に入ったのち、そこにアスランが現れ古い影のナルニア、すなわち混沌状態となったナルニアを閉じるのである。

ナルニアは終焉を迎える。生き物たちはアスランがいる厩、すなわち新しいナルニアへの入口へと集まってきた。その戸口からは、古いナルニアの終わりを目にすることができた。

するとまもなく、空は流れ星であふれた。…それは銀の雨のようになり、いつまでも続いた。
…これらすべての生き物たちがアスランの立つ戸口へ向かって駆けてきた。…
…それは泡立つ水の壁だった。海が盛り上がってきた。
…左手の荒地の丘と右手のもっと高い山々が崩れ、轟音や水しぶきとともに盛り上がる水の中へと滑り落ちた。そして水は戸口の敷居のところぎりぎりまで渦巻いて押し寄せてきた（けれどもそこを越えては来なかった）…。

（第十四章）

このナルニア世界の終焉の描写は、『新約聖書』「ヨハネの黙示録」の「最初の天と地は去って行き、もはや海もなくなった。」（二十一：二）との言葉とも重なることに気づくだろう。

その後ふたりの子どもたちをはじめ、かつて人間界からナルニアに来たことのある人たちがともに新しい真実のナルニアに入ったことがアスランによって伝えられる。本作最終ページでは、彼らは皆この時にイギリスで亡くなったという衝撃的な事実がアスランによって明かされる。子どもたちは人間界へ帰ることなくそのまま真のナルニアに入ることになったのである。『年代記』の他の作品では物語の最後に子どもたちは元の人間界に帰ってゆく。本作でも実際にはナルニア世界だけで物語が終わることはなく、最後にはアスランの言葉によって人間界が想起されている。

「列車事故があったのだ。」アスランが静かに言った。

「あなたたちの父さん、母さんもそしてあなたたちも——影の国での言い方なら——皆、死んだのだ。学校は終わって、休みが始まった。夢が覚めて、朝が来た。」

（第十六章）

アスランの言葉はあまりに唐突な宣告のように響くが、ここに必然性は見いだせるのだろうか。確かに伏線はあった。第五章では、ティリアン王子は、猿と偽の神への反逆者として木に縛りつけられていたが、ナルニアに急に現れたユースティスとジルによって救出される。子どもたちの話によれば、ふたりはイギリスでディゴリー、ポリー、そしてピーター、エドマンド、ルーシーら、ナルニアに来たことがある人たちとともに列車に乗っていたところ、衝撃があってナルニアに送り込まれたのであった。また別の伏線は、ユースティスの先の引用、「もし僕たちがここで殺されたらどうなるのかな。」というあとに彼が続けた言葉である。

「…僕たちがナルニアに放り込まれたかのようにぐっと引っ張られたのは、列車事故の始まりだったと思うんだ。だから、代わりにここに来ていてすごくうれしかった。」

そののち、この最終第十六章のアスランの宣告がもたらされる。（第九章）

このような展開は児童文学としては珍しいと言われる。真実のナルニアの眩しさの中での宣告とはいえ、あるいはその永遠の楽園での喜びの中であるためになおのこと、『最後の戦い』の最終場面の状況はその裏側に言葉にできない驚きを湛えている。一作品としてのストーリー性の追求を越えて、終末観や枠組み、形式といった側面からプロット設定がなされているようにさえ感じられるのである。

〔影のナルニア〕

多くの宗教がそれぞれに違う表現で語るように、〈仮〉とも呼ばれるこの生を全うしたのちにだけ到達できる、永劫の生を生きる楽園という概念を成立させる仕組みがここに示されている。生身の人間は永遠の状態に到達することができないなら、子どもたちがナルニアにいても人間界にいても、結局のところこの命の後であることが真のナルニアへ入る絶対条件となる。ナルニア時間はわれわれの世界とシンクロしておらず、たとえばナルニアの数十年もこちらではほんの数分に過ぎないこともある。ナルニアの終末と人間界での列車事故が見かけ上は同時発生したということは、過去にナルニアにかかわった彼らがある絶対的な存在によってこの新たな真実のナルニア創世の時に召喚され[六]、その場に立ち会い留まるよう定められていたと考えることもできるかもしれない。古い影のナルニアと同様、われわれ自身も、この世界もそして宇宙さえもいつか滅びる以上どれも相対的な世界と言わざるを得ず、本作の無常観はそうした相対性からきているだろう。

しかしながら、ここに描かれた真のナルニアは、登場人物たちにとってもそして読者の想像力の中においても、確かに絶対的な永劫の場所なのである。自由意志の観点から考えれば、物語の中で人々は真のナルニアに入るかどうか自ら選択の余地を与えられている。これまでナルニアに導かれた子どもたちの心は真実の国に留まり続けたいというものだったので、子どもたち自身の意志がこの運命に写し出されていると言えるだろう。子どもたちは過去の経験からナルニアでの定められた役割が終われば人間界へ送り戻されることは十分に承知していた。とはいえ真のナルニアに入った今、もはや元の場所に戻ることは彼らの望みではなかった。この時彼らは、精神においてはもとの人間界よりも遥かにナルニアに属するものとなっていたと言えるだろう。真のナルニアは時の流れの異なる二つの世界を超えていて、その時が人間界の時間のいつであろうともそれが子どもたち自身の希望を叶える時であったと考えるべきだろう。絶対者の計画と子どもたちの希望は一致していた。子どもたちは自分たち自身の心から永遠のナルニアを望んでいたのである。

そう考えてみると、初めは唐突で付会のようにさえ感じられたこの事故も、子どもたちの自由意志の点から見てもこの時において必然であったという捉え方もできるのかもしれない。さらに、これまでの凄まじい戦いと比較して永遠を予感させる救いにあふれた描写も、死が単に生命の終わりではない可能性を象徴しているように思われる。(七) 列車事故は『最後の戦い』の最終部分においてまさに終末それ自体を衝撃的に象徴しているが、それが喜びへ向かうものだと語る逆説的救いを表したものでもある。

〔内側が広い〕

『最後の戦い』に描かれた終焉には、存在するものはいつか滅びるという無常観が色濃く表れている。ところが本作ではその無常観が単なる悲観や厭世に陥ることがなく、必ず救いの道が示されると感じられる。あるいはさらに積極的に〈喜び〉に向かって物語が突き進んで行くと表現できるかもしれない。本作において喜びは、その物理的、肉体的死からの脱却、すなわちここで永遠性と言われる精神の不死性に到達しうることを予感させるように描かれているのである。ルーシーは物語の終わり近くでこう語っている。

「今、分かったの。この園はあの厩と似ている。内側は外側よりもはるかに広いということ。」

（第十六章）

ここでは、喜びがどこまでも広がってゆくという聖別された場所のイメージを、ナルニアの厩に加えて人間の世界のキリスト降誕の厩に重ねているのである。(八) さらにルーシーは、永遠の国について次のように続ける。

「ここはまだナルニアだけど、下のほうのナルニアよりもっともっと美しい…世界の内なる世界、ナルニアの内なるナルニア。…」

（第十六章）

これは、あるひとつの世界がさらに大きな物語の一部であることを伝えようとしている。

結局、われわれのこの世界も地球という星の一部であり、それは太陽系、銀河系、さらに宇宙の一部でもあって、もしかするとわれわれの宇宙さえ、他のいくつもの宇宙の中のひとつかもしれないのである。

本作では現実の世界に対して永遠の楽園のイメージを伝えようとしているだろう。[九]それは聖書的終末論から出発しながら、それをも越えて精神の真理の地平へと遥かに突き抜けているとも感じられる。『最後の戦い』は、終末観があふれる中にあって、恐れから愛へ、絶望から喜びへという信念に裏打ちされながら、[十]その喜びをめざす心の奥深くへの探索を通してさらに普遍的な永遠への憧れを表現しようとしているだろう。アスランから伝えられた事故による死は衝撃的で悲しいものに違いないが、その先にのみ在るとされる永劫が同時に暗示されていて、魂の救済は最後の戦いの後に示された真のナルニアにおいて成就されるだろう。

「さあ、もっと先へ！　もっと高く！」アスランが肩越しに叫んだ。

（第十四章）

絶望の中にさえ希望を見出そうとする精神性は、特定の宗教を越えて人間が共通に抱く普遍的な夢であり、文学の大きな主題のひとつでもある。『年代記』の中心的なモチーフは憧れであると述べた。この『最後の戦い』を覆う無常観は、実際のところ第一巻『ライオンと魔女と衣装箪笥』でのナルニアへの力強い憧れの表明でさえいつまでも同じままであることを許さない。あらゆるものは時とともに移ろってゆき、憧れも本作の終末のイメージに中に消えかかるかとも感じられた。ところが最後の真のナルニアの描写においては負から正への転換があり、憧れは形を変えてルイスの求めた喜びへと到達したように読み取れる。ここに影の国から真実の国へ至るという大いなる浄化と救済が描かれる。この巻に見られる憧れは真のナルニア、すなわち永遠への憧れそのものと考えられるだろう。

＊＊＊＊＊＊＊＊

『最後の戦い』は『魔術師のおい』とともに『ナルニア国年代記』の枠組みとして全体を統一する役割を果たしている。この二作はほかの作品とは異なり、『年代記』としての形式それ自体に意味を見出そうとするものと考えられる。そしてナルニアの終わりを描いたこの『最後の戦い』は全体として暗い雰囲気に包まれ終末の印象に覆われている。これは偽預言者や偶像、ナルニア人の殺戮や戦争で極まり、最後にはわれわれの世界からナルニアへと入った子どもたちの事故死で象徴的に表されている。とはいえ、この終焉に見られる無常観は単なる悲観や厭世、運命論に陥ることなく、その根底には永遠の喜びへ到達したいという希望が語られ、そこに救いを見出すことができるだろう。『最後の戦い』は、『年代記』の終わりというよりも真の喜びを探求しようとする作品と読むべきなのである。

あとがき

あとがき

C・S・ルイス Clive Staples Lewis（一八九八‐一九六三）は北アイルランドのベルファストで生まれた。父方はウェールズからアイルランドへと移り住んだ家系である。オックスフォード大学ユニヴァーシティ・コレッジに入学、ギリシャ語・ラテン語、英語・英文学の優等試験で第一級を取った。学生時代にユニヴァーシティ・コレッジの文学会（のちの「インクリングズ」）でJ・R・R・トールキンらとともに文学創作や研究を行った。卒業後、同大モードリン・コレッジで研究員（フェロー）。一九五四年にケンブリッジ大学モードリン・コレッジへ移り、新設の中世・ルネッサンス文学講座初代教授。小説に『顔を持つまで』、『天国と地獄の離婚』など、ファンタジー作品に『ナルニア国年代記』、『ランサム三部作』、ほかに中世・ルネサンス文学論、宗教論など多数。

本書で論じたそれぞれの作品をつらぬく文学的モチーフについて、主なものをここにまとめておく。

〔古典的世界〕

『顔を持つまで』はギリシャ神話の一挿話を小説化したものだが、ルイス文学自体、その底に神話性を湛えているように感じられる。本作での神話再構築は単なる再話に終わることなく、元の神話では脇役であった姉オリュアルの視点で全編を捉え直すという独自の構成により、よく知られた古典的世界にまったく新しい解釈を付け加えることに成功したと言えるだろう。

『ナルニア国年代記』の物語の多くは導入部分こそ現代のイギリスから始まるものの、舞台はまもなくナルニアへと移って別世界で子どもたちの冒険が始まる。ひとたびナルニアに足を踏み入れると、そこは近代以前の古典的世界が広がっている。ナルニアは永遠に中世が続いてそのまま時間が停止しているかのように感じられる世界である。冒険の最後には子どもたちが再びイギリスの現代社会に戻ってゆくが、物語の中心はいつでもナルニアの中世的世界へ向かっているのである。

〔扉〕

『ナルニア国年代記』では人間界とナルニア世界とをつなぐ〈扉〉が重要な鍵として機能し、物語は扉を抜けた先で待ち受ける別世界での冒険を描いている。ただし、『顔を持つまで』と『馬と少年』の二作は現実世界との接点を持たず、それぞれの作品の古典中世的世界の内部だけで完結した作品である。『ライオンと魔女と衣装箪笥』においては衣装箪笥が扉としての役割を果たしているが、ルーシーが箪笥の扉を抜けたところからナルニアの物語のすべてが始まるのである。扉の向こう側のナルニアという別世界にあっても子どもたちが遠くイギリスを思うことで、別世界と現実の両方は扉を介してそれぞれ相対化された世界として存在している。

〔憧れ〕

『顔を持つまで』では、王女プシュケーの幼いころからの灰色の山への憧れが作品の基調となっている。プシュケーそして姉オリュアルの精神の旅はそれぞれに先の見えない過酷なものであったが、それはまたふたりを待ち受ける喜びの追求そのものであったことが作品最後で示される。

『ナルニア国年代記』では、主人公の子どもたちはナルニアに入ったのち、不思議な力に後押しされるように冒険へと駆り立てられてゆく。その旅を先へ先へと導いてゆくものが憧れと呼べる感覚だろう。彼らの旅はその行く手に確かにあると感じられる喜びの探求でもある。

＊＊＊＊＊＊＊＊

『ナルニア国年代記』は多くの言語に翻訳され、主要なヨーロッパ語、ロシア語などに加え、中国語や韓国語版など非キリスト教圏でもよく読まれている。また、文学以外の芸術分野にも多大な想像力をもたらしている。映画では、よく知られている通り『ライオンと魔女と衣装箪笥』、『カスピアン王子』監督アンドルー・アダムソン（ディズニー・ピクチャーズ、二〇〇五／二〇〇八）、『ドーン・トレッダー号の航海』監督マイケル・アプテド（二十世紀フォックス、二〇一〇）の三作が公開されている。BBCのテレビ・ドラマ・シリーズ（一九八八）やアニメ（一九七九）も作られた。さらに舞台化もなされている。劇ではたとえば、ロイヤル・シェークスピア・カンパニーはロンドンのサドラーズ・

ウェルズ劇場にて二〇〇〇年十二月から翌年二月まで『ライオンと魔女と衣装箪笥』を上演した。筆者もロンドンでこの劇を見たが、役者たちの力強い演技に加え、詩人エイドリアン・ミッチェルによる美しい響きの脚本には大いに心を動かされたことを思い出す。詩人ミッチェルによる台本は本書の参考文献に載せておいた。近年の同作品の新たな舞台は、サリー・クックソン演出によりロンドンのブリッジ劇場で二〇一九年十一月から上演されるが、パンデミックによるロンドンのロック・ダウンで公演に影響が出ているようである。ナルニア劇という点から付け加えておけば、英語版台本は、プロの劇団用から学生の課外活動用の劇のために、たとえば『魔術師のおい』ならオーランド・ハリス、『ライオンと魔女と衣装箪笥』ならジョウゼフ・ロビネットやドン・クィンあるいはル・クランシュ・デュ・ランなどの脚本家によるものが発表されている。ナルニアの物語は国や地域、年代を越えて広がっていくように感じられる。

筆者自身、学生時代からルイス作品に親しんできたが、多くの人々を惹きつける理由の一端は、本書で述べてきたように『顔を持つまで』、『年代記』の両作品にも表された根源的なテーマである〈憧れ〉と呼ぶべき衝動に在るのではないかと感じられる。それは文学そのものへの根源的な渇望であり、世界の人々が共通に持つ神話性と宗教性への暗喩でもある。ルイス文学を読むとき、われわれはその憧れを共有し喜びを求めてともに旅する仲間となってゆくのである。

木村聡雄

注

＊本書各章の和訳はすべて筆者による。
＊本書の一部は、「湘南英文学」、「シルフェ」そのほかに載せた文章を書き直し再構成したものである。

『顔を持つまで』

（一）Green and Hooper, p. 261.　ルイスの文学体験がまとめられている。
（二）Christopher, p. 194.　この作品の一部（二十一章）と二部（四章）を通して、小説全体を六つの部分に分けて構成を捉えている。
（三）C. N. Manlove, p. 201.　作品の中心は、アプレイウスが書いたような神でもプシュケーでもなく、オリュアルと彼女が実際に目にしたものにあると論じている。
（四）Filmer, p. 41.　『顔を持つまで』という題名は、「自己認識の過程を示唆している」と語る。一方、Donaldson, p. 23は、この小説を「信仰と自己を求める物語」と考える。
（五）Holbrook, p. 253.　本作の自伝的要素を論じる。
（六）Filmer, p. 4.
（七）Gibbons, p. 97.
（八）C. N. Manlove, p. 189.　この分析によれば、本作以外のルイス作品は、こうした関係性についてではなく、ある「課題」とか「目的」について書かれている。
（九）Glover, Donald E., p. 190.　書かれた愛について関係性の点から分類している。
（十）Kilby, p. 181. Kilbyは、花嫁と顔を見せることのない神とについて、キリスト教徒に対するキリスト自身との関係を示唆していると論じている。

『ナルニア国年代記』

一　『ライオンと魔女と衣装箪笥』

（一）Lewis, *Of Other World.* "Preface" で、Walter Hooper がルイスの言葉を伝えている。

（二）C. N. Manlove, p. 124. 「歴史順に考察してゆくことは理にかなっているが、出版順に読む利点はそれをはるかに凌ぐ」と論じている。ほかに出版順を支持するのは Hooper や Hannay などである。歴史順を推す意見は、Clyde S. Kilby, , Chad Walsh など。

（三）Gray, P. 121.　エドマンド・スペンサーの影響について論じている。

（四）C. N. Manlove, p.128 は、ルイスの書く動物たちは例えばベアトリクス・ポターとケネス・グレアムから、そして魔女はアンデルセンから採ったと考える。

（五）Purtill, p. 21 は、『ライオンと魔女と衣装箪笥』をキリストの贖いの物語であると考える。ここで「贖い」とは、『旧約聖書』に書かれているように人間は神に「借り」があるのだが（ただし、この借りのうち幾分かは悪魔の所為という考えもある）、『新約聖書』に語られた通り、受肉した神の子である救世主が我々に代わってそれを支払ってくれたというものである。

（六）Glover, p. 136; Hannay, p. 56.

（七）Lewis, *Of Other World*, p. 42.

（八）Hannay, p. 56.

（九）Freshwater, p. 40.

（十）Shackel, p. 17.

二　『カスピアン王子』

（一）Colbert, p. 117.　作品の主題にかかわる問題として、副題の存在を重要視している。

（二）Hooper, 'Narnia: The Author, the Critics, and the Tale,' p. 106.　次の第三巻 *The Voyage of the Dawn Treader* は、*Prince Caspian* とほぼ同時期に脱稿し、第四巻 *The Silver Chair*、第五巻 *The Horse and His Boy* の原稿は同一九五〇年のうちに完成したとされる。

（三）Colbert, p. 115.

（四）Glover, p. 147.　*Prince Caspian* の主題と構造について第一巻と比較している。

（五）Hutter, "C. S. Lewis's Narnia and the 'Grand Design,'" p. 122.　第一作と第二作の関連性について言及している。

（六）Meyers, p. 133.　前作と同様の繰り返しについて例示しつつ論じている。

（七）C. N. Manlove, p. 138.　第一巻で精神的レベルにおいて成就されたものが、この第二巻では実際的、直接的に繰り返されていると論じている。

（八）Holbrook, p. 131.

（九）Gray, p. 71.

（十）Meyers, p. 138.

三　『ドーン・トレッダー号の航海』

（一）Colin Manlove, p. 16. *The Voyage of the Dawn Treader* の水のイメージを辿っている。

（二）Glover, p. 149.

（三）Christopher, p. 119.　ダンテについて言及している。
（四）C. N. Manlove, p.148.　挿話が普通のものから一層不思議なものへ進んでいるとする。
（五）ユースティスが泉につかって改心し、いわば部外から仲間になる状況については洗礼などを思い浮かべる読者もいるかもしれない。
（六）イギリスの聖杯伝説は、かつてアリマタヤのヨセフが十字架のイエスの血を受けたと言われる聖杯をイングランドに持ち込んだという話に由来する。特にグラストンベリー・トールと呼ばれる丘やふもとのチャリス・ウェルという泉は今日でも聖杯伝説の聖地のひとつである。
（七）Christopher, p. 119は、これらのイメージはダンテやミルトンから採られたと述べている。
（八）Hutter, p. 131.
（九）Filmer, p. 47.
（十）Freshwater, p.106.

四『銀の椅子』

（一）Myers, p. 149. *The Silver Chair* と *The Horse and His Boy* との関係について論じている。
（二）Ibid, p. 68.　自制心を本作の大きな主題と捉えている。
（三）Holbrook, pp. 22-23.　また、Gray, p. 78では、リリアン王子開放の出来事をルイスの回心と重ねている。最後にアスランがユースティスに茨のとげを自らの足裏に打ち込ませる場面はキリストの血の復活の力を象徴すると捉える。
（四）Glover, p. 164.
（五）読者によっては、規範を日々繰り返し唱えるという点に信仰の問題を重ね合わせる人もいるだろう。

(六) *The Silver Chair* におけるプラトン以外の影響に関しては、たとえば、Hutter, p. 131 では、ミルトンの影響について検証している。他にも、Myers, p. 123 では、スペンサーについて、Christopher, p. 116 ではトールキンとダンテについて言及している。
(七) Hooper, "Narnia: The Author, The Critics, and the Tale," p. 111.
(八) Holbrook, p. 183.
(九) Filmer, p. 82. この部分を近代化批判と捉えている。さらに Ibid, p.83 では地下の町を味気ない近代化の例として描いたとする。
(十) Freshwater, p. 104.

五 『馬と少年』

(一) Filmer, p. 108. 本作の執筆期、ルイスとジョイ・ディヴィッドマンの友情が深まった時期でもあったと述べている。
(二) Holbrook, p. 185. ふたりが途中通った荒地について、砂漠という男性原理の死者の国を抜けて失われた母の世界を求め続けついに再生に至ると考える。
(三) Filmer, p. 47. 奴隷状態の中に本作における悪の形態を見ている。
(四) Glover, p. 159. ここでは方向性について、『年代記』のそれまでの物語は「西から東」へ向かっていたと指摘している。
(五) Ibid, p.157 によれば、本書の題名の候補が数種類あった中からこの題が選ばれた。『少年と彼の馬』でないところがナルニアらしく、ルイスは馬を強調したかったようだが、その題名にもかかわらず主人公はやはり少年の方であると Glover は述べている。

（六） C. N. Manlove, pp. 162-163. ルイスのアラビアの描写について、James Elroy Flecker, (1884-1915), *Hassan* (1922) や Edward Fitzgerald 訳 (1859) の Omar Khayyam, *Rubaiyat* の影響を指摘している。

（七） Glover, p.159. 作品の Exotic Orientalism「東洋趣味」について述べている。

（八） C. N. Manlove, p. 162. こうした描写を Quasi-Arabic「疑似アラビア風」と呼ぶ。

（九） Glover, p. 158.

（十） Myers, p. 149. 前作と本作で、ナルニアをはさんで北と南の精神風土を描いたとする。

六 『魔術師のおい』

（一） 下書きの一部は「ルフェイ断章」と呼ばれている。「ルフェイ」とは主人公ディゴリーのおじさんアンドルーの名付け親となったおばあさんの名前で、妖精の血が流れる最後の人間のひとりであったという。

（二） Hutter, p.123. これら二作がナルニアの物語を縁取っていると語っている。

（三） Glover, p. 179. 『最後の戦い』から眺めると、最終巻が『魔術師のおい』を補い、『年代記』全体を統合していると述べている。

（四） C. N. Manlove, p. 179. 本作の主題は、いかにして悪から善が導き出されるかであるとし、そこに成長という概念が用いられていると論じている。一方、Glover, p. 172 は、主題は『ライオンと魔女と衣装箪笥』同様に対比にあって、魔法や破壊に対して創造や可能性が描かれていると述べる。

（五） 「ヨハネによる福音書」〔新共同訳〕第一章。「初めに言（ことば）があった。言（ことば）は神と共にあった。言（ことば）は神であった。」ナルニアの創世ということを考えると、動物たちが話をすることの表象として、はっきり聞こえないまでもナルニアの初めに言葉があったという〈歌詞付きの音楽のある開闢〉の可能性はどうだろうか。

（六）C. N. Manlove, p. 171.　この場所以外にも、作品全体に目覚めるイメージが見られると指摘している。
（七）Christopher, p. 111.　ナルニア創造の描写と「ヨブ記」や「ヨハネによる福音書」など『新・旧約聖書』との類似点を指摘している。
（八）『新約聖書』「マルコによる福音書」(1:12-13);「マタイによる福音書」(4:1-11);「ルカによる福音書」(4:1-13)にある〈荒野の誘惑〉参照。
（九）Hannay, p. 66.　アスランについて、手なずけられていない、すなわち主人を持たないライオンであり、ナルニアの物語に描かれた美には恐れと喜びとが同居していると論じる。また、Freshwater, p. 100 は、ナルニアにおける生き物たちのあらゆる関係はそのひとりひとりとアスランとのかかわりに基づくと述べている。
（十）C. N. Manlove, p.179.

七　『最後の戦い』

（一）Green and Hooper, pp. 242-248.
（二）Glover, p.179.　この『最後の戦い』が他の六冊の主題を統合し、『魔術師のおい』を補っていると述べる。Hutter, p. 123.　ここでも同様の意見が述べられている。
（三）C. N. Manlove, p. 183.　ナルニア堕落の原因はナルニア人のモラルの問題ではなく、ナルニアの衰退という本質にあるとする。
（四）Ibid, p. 185.
（五）Glover, p. 181.
（六）Christopher, p. 118.　トールキンは自ら作り上げた別世界の法則に厳密であるのに対し、ルイスのファンタジーは常に現実との接点を持ち続けていると論じている。

（七）Hannay, p. 62.　このナルニアにおいて、死は最悪の運命ではないと語っている。

（八）Tixier, "Imagination Baptized, or 'Holiness' in the Chronicles of Narnia," *The Longing for a form*, p. 151.

（九）Hooper, "Narnia: The Author, the Critics, and the Tale," *The Longing for a Form*, p. 116.

（十）Glover, p. 183.

〔参考文献〕

Lewis, C. S., *Till We Have Faces*. Geoffrey Bles, 1956.

『愛はあまりにも若く』中村妙子訳　みすず書房 1976.

『顔を持つまで』中村妙子訳　平凡社 2006.

———, *The Lion, the Witch and the Wardrobe*. Geoffrey Bles, 1950.

『ライオンと魔女』瀬田貞二訳　岩波書店 1966.

『ライオンと魔女と衣装だんす』土屋京子訳　光文社文庫 2016.

『ライオンと魔女と洋服だんす』河合祥一郎訳　角川つばさ文庫 2017　角川文庫 2020.

———, *Prince Caspian*. Geoffrey Bles, 1951.

『カスピアン王子のつのぶえ』瀬田貞二訳　岩波書店 1966.

『カスピアン王子』土屋京子訳　光文社文庫 2017.

『カスピアン王子と伝説の角笛』河合祥一郎訳　角川つばさ文庫 2018.

『カスピアン王子』河合祥一郎訳　角川文庫 2020.

———, *The Voyage of the Dawn Treader*. Geoffrey Bles, 1952.

『朝びらき丸 東の海へ』瀬田貞二訳　岩波書店 1966.

『ドーン・トレッダー号の航海』土屋京子訳　光文社文庫 2016.

『竜の島と世界の果て』河合祥一郎訳　角川つばさ文庫 2018.

———, *The Silver Chair.* Geoffrey Bles, 1953.

『銀のいす』瀬田貞二訳　岩波書店 1966.

『銀の椅子』土屋京子訳　光文社文庫 2016.

『銀の椅子と巨人の都』河合祥一郎訳　角川つばさ文庫 2018.

———, *The Horse and his Boy.* Geoffrey Bles, 1954.

『馬と少年』瀬田貞二訳　岩波書店 1966.

『馬と少年』土屋京子訳　光文社文庫 2017.

『しゃべる馬と逃げた少年』河合祥一郎　角川つばさ文庫 2019.

———, *The Magician's Nephew.* The Bodley Head, 1955.

『魔術師のおい』瀬田貞二訳　岩波書店 1966.

『魔術師のおい』土屋京子訳　光文社文庫 2016.

『魔術師のおい』河合祥一郎訳　角川つばさ文庫 2020.

———, *The Last Battle.* The Bodley Head, 1956.

『さいごの戦い』瀬田貞二訳　岩波書店 1966.

『最後の戦い』土屋京子訳　光文社文庫 2018.

———, *All My Road Before Me: The Diary of C. S. Lewis.* Harcourt Brace Jovanovich, 1991.

———, *The Great Divorce.* Geoffrey Bles, 1946.

『天国と地獄の離婚』柳生直行訳　みくに書房 1966,　新教出版 2006.

——, *That Hideous Strength*. The Bodley head, 1945.
『かの忌まわしき砦―サルカンドラ』中村妙子・西村徹訳　奇想天外社 1980, 筑摩文庫 1987.
『いまわしき砦の戦い―サルカンドラ』中村妙子訳　原書房 2002.
——, *Out of the Silent Planet*. The Bodley Head, 1938.
『沈黙せる遊星』大原竜子訳　元々社 1957.
『沈黙の惑星を離れて―マラカンドラ』中村妙子訳　奇想天外社 1979, 筑摩文庫 1987, 原書房 2001.
——, *Perelandra*. The Bodley Head, 1943.
『金星への旅―ペレランドラ』中村妙子訳　奇想天外社 1979, 筑摩文庫 1987.
『ヴィーナスへの旅―ペレランドラ』中村妙子訳　原書房 2001.
——, *The Pilgrim's Regress*. Dent, 1933.
——, *The Screwtape Letters*. Geoffrey Bles, 1942.
『悪魔の手紙』蛭沼寿雄・森安綾訳　新教新書 1960.
『悪魔の手紙』森安綾・蜂谷昭雄訳　新教出版 1978.
『悪魔の手紙』(『C. S. ルイス著作集 一』) 中村妙子訳　すぐ書房 1996, 平凡社 2006.
——, *Boxen*. Harcourt Brace Jovanovich, 1985.
——, *The Allegory of Love*. Oxford Univ. Press, 1936.
『愛とアレゴリー』玉泉八州男訳　筑摩書房 1972.
——, *The Discarded Image*. Cambridge Univ. Press, 1964.
『廃棄された宇宙像』山形和美・小野功生・永田康昭訳　八坂書房 2003.
——, *The Four Loves*. Geoffrey Bles, 1958.

『四つの愛』蛭沼寿雄訳　新教出版 1961, 1977.

『四つの愛』佐柳文男訳　新教出版 1994.

――, *A Grief Observed*. Faber and Faber, 1964.

『悲しみをみつめて』西村徹訳新教出版 1976.

――, *Letters*. Collins, 1988.

――, *Letters to Children*. Macmillan, 1988.

『子どもたちへの手紙』中村妙子訳　新教出版 1986.

――, *Mere Christianity*. Geoffrey Bles, 1952.

『キリスト教の精髄』柳生直行訳　新教出版 1977.

――, *Narrative Poems*. Harcourt Brace Jovanovich, 1969.

――, *Of Other Worlds*. Harcourt Brace Jovanovich, 1975.

『別世界にて』中村妙子訳　みすず書房 1991.

――, *On Stories*. Harcourt Brace Jovanovich,1982.

『別世界にて』中村妙子訳　みすず書房 1991.

――, *A Preface to Paradise Lost*. Oxford Univ. Press, 1942.

『「失楽園」序説』大日向幻訳　叢文社 1981.

――, *The Problem of Pain*. Geoffrey Bles, 1940.

『痛みの問題』中村妙子訳　新教出版 1976.

――, *Surprised by Joy: the Shape of My Early Life*. Geoffrey Bles,1958.

『喜びのおとずれ』早乙女忠・中村邦生訳　冨山房 1977.

『不意なる歓び』（『C・S・ルイス著作集１』）中村妙子訳　すぐ書房 1996.

Chance, Jane, *The Lord of the Rings: The Mythology of Power.* Twayne, 1992.

Christopher, Joe R., *C. S. Lewis.* Twayne, 1987.

Colbert, David, *The Magical Worlds of Narnia.* Puffin, 2005.

Coren, Michael, *The Man Who Created Narnia.* William B. Eerdmans, 1994.

Cox, John D., "Epistemological Release in The Silver Chair," *The Longing for a Form.*

Donaldson, Mara E., *Holy Places Are Dark Places.* Univ. Press of America, 1988.

Dorsett, Lyle W., *The Essential C. S. Lewis.* Collier Books, 1988.

Downing, David, C., *Planets in Peril.* Univ. of Massachusetts, 1992.

Duriez, Colin, *The C. S. Lewis Handbook.* Monarch, 1990.

Elst, Philip Vander, *C. S. Lewis.* Claridge Press, 1996.

Filmer, Kath, *The Fiction of C. S. Lewis.* St. Martin's Press, 1993.

Freshwater, Mark Edwards, *C. S. Lewis and the Truth of Myth.* Univ. Press of America, 1988.

Ford, Paul F., *Companion to Narnia.* Harper, 1980.

Gibb, Jocelyn ed. *Light on C. S. Lewis.* Harcourt Brace Jovanovich, 1965.

Gibbons, Stela, "Imaginative Writing," *Light on C. S. Lewis.* Harcourt Brace Jovanovich, 1965.

Glover, Donald E., *C. S. Lewis: The Art of Enchantment.* Ohio Univ., 1985.

Gray, William, *C. S. Lewis.* Northcote House, 1998.

Green, Roger Lancelyn and Hooper, Walter, *C. S. Lewis: A Biography.* Harcourt Brace Jovanovich, 1974; Rev. 2011.

Griffin, William, *C. S. Lewis.* Crossroad Publishing, 1998.

Hannay, Margaret Patterson, *C. S. Lewis.* Frederick Ungar, 1981.

Helms, Randel, *Tolkien's World.* Houghton Mifflin, 1974.

Holmer, Paul L., *C. S. Lewis, The Shape of His Faith and Thought.* Harper and Row, 1976.

Honda, Mineko, *The Imaginative World of C.S. Lewis.* Univ. Press of America, 2000.

Holbrook, David, *The Skelton in the Wardrobe.* Bucknell Univ., 1991.

Hooper, Walter, *C. S. Lewis: Companion and Guide.* HarperCollins, 1996.

————, *Past Watchful Dragons.* Collier, 1979; Fount, 1980.

————, 'Narnia: The Author, the Critics, and the Tale', *The Longing for a Form.*

Hutter, Charles A., "C. S. Lewis's Narnia and the 'Grand Design,' " *The Longing for a Form.*

Kilby, Clyde S., *The Christian World of C. S. Lewis.* Eerdmans, 1964.

————, "Till We Have Faces: An Interpretation," *The Longing for a Form.*

Manlove, C. N., *C.S.Lewis: His Literary Achievement.* Macmillan, 1987.

Manlove, Colin, *The Chronicles of Narnia.* Twayne, 1993.

————, The Fantasy Literature of England. Macmillan, 1999.

Meyers, Doris T., *C. S. Lewis in Context.* The Kent State Univ., 1994.

Mitchell, Adrian, dramatized, *The Lion, the Witch and the Wardrobe.* Oberon, 1998.

Moseley, Charles, *J. R. R. Tolkien.* Nothcote House, 1997.

Norvell, Christine, L., *Till We Have Faces: A Reading Companion.* Thy Lyre, 2020.

O'Keefe, Deborah, *Readers in Wonderland.* Continuum, 2004.

Peters, John, *C. S. Lewis: The Man and His Achievement.* Exeter, 1985.
Purtill, Richard L., *C. S. Lewis's Case for the Christian Faith.* Harper & Low, 1981.
Schakel, J., ed., *The Longing for a Form.* The Kent State Univ., 1977.
———, *Reading with the Heart: The Way into Narnia.* Eerdmans, 1979.
Tixier, Eliane, "Imagination Baptized, or 'Holiness' in the Chronicles of Narnia," *The Longing for a wForm.*
Walker, Andrew, and Patrick, James, *A Christian for All Christians.* Regnery Gateway, 1992.
Walmsley, Lesley, *The Spirit of C. S. Lewis.* Fount, 1999.
Walsh, Chad, *The Literary Legacy of C. S. Lewis.* Harcourt Brace Jovanovich, 1979.
Weele, Steve J. Van Der, "From Mt. Olympus to Glome: C. S. Lewis's Dislocation of Apleius's 'Cupid and Psyche' in Till We Have Faces, *The Longing for a Form.*
Wilson, A. N., *C. S. Lewis; A Biography.* HarperCollins, 1991.

アプレイウス『黄金の驢馬』(『世界文学大系六十七』) 呉茂一訳　筑摩書房 1966.
アプレイウス『アモルとプシュケ』谷口勇訳　而立書房 1992.
アン・アーネット『C.S.ルイスの秘密の国』中村妙子訳　すぐ書房 1994.
エドワーズ・ブルース『C.S.ルイスのリーディングのレトリック』湯浅恭子訳　彩流社 2007.
コリン・ドゥーリエ『ナルニア国フィールドガイド』東洋書林 2006.
ジャン・フラピエ『アーサー王とクレチヤン・ド・トロワ』村松剛訳　朝日出版 1988.
ウォルター・フーパー『C.S.ルイス文学案内事典』山形和美監訳　彩流社 1998.
マイケル・ホワイト『C.S.ルイス』中村妙子訳　岩波書店 2005.

安藤聡『ナルニア国物語 解読』彩流社 2006.
竹野一雄『C.S.ルイスの世界』彩流社 2006.
本多英明『トールキンとC.S.ルイス』笠間書院 1986.
本多峰子『天国と真理 C.S.ルイスの見た実在の世界』新教出版 1995.
柳生直行『お伽の国の神学』新教出版 1984.
柳生望『ナルニアの国は遠くない』新教出版 1981.
山形和美（編）『C.S.ルイスの世界』こびあん書房 1983.
山形和美・竹野一雄（編）『C.S.ルイス「ナルニア国年代記」読本』国研出版 1988.

〔索引〕

木村聡雄（きむらとしお）

明治学院高校、大学を経て、同大学院文学研究科（英文学専攻）修了
ロンドン大学大学院客員学術研究員（英文学・英語俳句）を経て、現在、日本大学教授

シルフェ英語英文学会会長、湘南英文学会副会長、日本ペンクラブ、世界俳句協会会員
国際俳句交流協会理事、現代俳句協会幹事、俳句ユネスコ無形文化遺産推進協議会理事
ＮＨＫワールド「ハイク・マスターズ」選者・コメンテーター

〈プレゼンテーション〉
「アメリカ文学協会シンポジウム」（ボストン）、同協会シンポジウム（サンフランシスコ）
「アメリカ俳句協会 基調講演」（シカゴ）、「日本ＥＵ俳句シンポジウム 座長」（ブリュッセル）
「ヴァーティゴ・ポエトリ・フェスティバル 講演（ビデオ）」（スロバキア）
「インド大使館 印日文学祭 講演」（東京）、「アルゼンチン大使館 俳句シンポジウム 座長」（東京）
「ＥＵ代表部 ファン・ロンパイ大統領（初代欧州理事会議長）俳句講演 司会」（東京）ほか

〈著書／共著〉
American Haiku (Lexington, U.S.)、『英米文学にみる仮想と現実』、『俳句のルール』
『ロンドンを旅する六〇章』、『丸善 イギリス文化事典』、『中公 わたしの「もったいない語」辞典』
多言語俳句アンソロジー編集：『眠れない星』、*The Blue Planet*、『対訳 二十一世紀俳句の時空』
句集：『彼方』、『いばら姫』、*Phantasm of Flowers* ほか

[Email: toshio.kmr@gmail.com]

プシュケー、あるいはナルニアの彼方へ
――C.S.ルイス論

二〇二一年八月七日　発行
著　者　木村　聡雄
発行者　知念　明子
発行所　七　月　堂
〒一五六―〇〇四三　東京都世田谷区松原二―二六―六
電話　〇三―三三二五―五七一七
FAX　〇三―三三二五―五七三一
印刷・製本　トーヨー社
乱丁本・落丁本はお取り替えいたします。

ISBN 978-4-87944-447-9 C0098